◉野百合 著

清华有男初长成

知识出版社

总编辑：徐惟诚　　　社长：田胜立

图书在版编目（CIP）数据

清华有男初长成/野百合著．—北京：知识出版社，2005.1

（野马处女座）

ISBN 7 – 5015 – 4247 – 3


Ⅰ．清…　Ⅱ．野…　Ⅲ．故事—作品集—中国—当代

Ⅳ．I247.8

中国版本图书馆 CIP 数据核字（2004）第 128199 号


策划编辑：姚树军

责任编辑：姚树军　李玉莲

责任印制：张辰五

装帧设计：杨明俊　胡应生

封面插图：张爱珠　李　安


知识出版社出版发行

（北京阜成门北大街 17 号　邮政编码：100037　电话：010 – 68315609）

http：//www.ecph.com.cn

新华书店经销

北京明十三陵印刷厂印刷

开本：880×1230　1/32　印张：5.75　字数：110 千字

2005 年 1 月第 1 版　2005 年 1 月第 1 次印刷

印数：00001～10000 册

ISBN 7 – 5015 – 4247 – 3/I · 369

定价：12.00 元

## "

## 我厌弃了读书！

"

多少人，正如歌德笔下的不朽的浮士德，曾如此宣称，但又有多少人又如同浮士德，在垂垂老矣，依然听从童真之心的呼唤，宁愿把灵魂抵押给魔鬼，也要去投身于未知的全新的生活。

在一次次地餍足书海，奋力浮出水面呼吸一口新鲜空气之后，在曾长期地沉溺于读书之后，我却又一次次沉浸到人类知识和他人经验的深处，最终发现我无法离开图书。

其实或许你我厌弃的并不是读书，而是书斋生活；你我厌弃的也不是书斋生活，而是那种长久单一的生活。

**读书是一种高雅的行为，也是自我提升的必经之途。当然，对于必须全面发展的人来说，它虽是必需，但绝不是全部** ○

严格地说，读书是明亮眸子在精神世界的一次探险行为，聪明的孩子不会拒绝丰富的世界，书不过是这个世界的一个窗户。但是这是一个非常重要的窗口，没有它，你如何同横跨千万年的无数睿智头脑、高贵心灵对话？

虽然正如世界上的任何事物都需要一分为二一样，你看到的图书也是泥沙俱下，但是书的价值是不容抹杀的。

人类需要丰富的全面的生活，但很多时候必须从事单一的工作。**当编辑出版图书成为我的事业的时候，我决心拿出最棒的图书，特别是对于风华正茂、前途辉煌的你——我的兄弟姐妹，我希望你能读到最好的书。于是"野马处女座"青春原创系列诞生了** ○

"

投稿信箱：ayema@126.com
编辑部电话：010-88390781

野马处女座

**她**是你梦中的女孩，手持长剑，身跨骏马的少女，每
都在璀璨星光中恣意遨游。

**大**地上小小的房子中，多少少年夜不
能寐，思考着爱、美、真理和人生。

**当**你打开窗子，深蓝夜幕上缀满了宝石，一颗颗近
在咫尺的星星闪着奇异光辉，聆听你的述说，开启
你的心灵。

**哦，**难道你我苦苦追寻的，不就是这世间
最美的意象，最富于激情和生命力的象
征?!

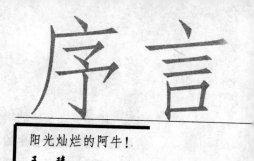

# 序言

阳光灿烂的阿牛!

王 瑞

提到"色"字，正常 IQ 的人都会浮想联翩，大概我算晚熟之流，读了研究生之后受本宿舍 mm 教导才开始开窍。因此，看到这个题目，我自然是嘿嘿地一笑，然后兴奋地告诉同屋，因为平时我们也会互称对方"色女人"。这种玩笑对我们来说，是学习生活之外很让人开心的娱乐了，如果没有这些关于"色"的互相调侃，生活该是少了多少色彩！我相信，很多大学生也是如此吧。只是没有想到，连中学生也是如此热衷于"色"的发掘。所以，我有理由相信，这本书一定精彩有趣。

《我的色同学》的结构非常独特，全书采用了事件描述法，用 39 个事件勾画了一个形象生动的阿牛，记录了那段难忘的高三生活。每个事件短短几百字，都会让你笑到肚子痛。当然，这是作者文字的魔力，总有一些经典的话语让你甚至觉得应该背下来，比如文章以这样的文字开头：

阿牛是我们文科班的骄傲，这一点毋庸置疑；

阿牛是我们文科班的耻辱，这一点毫无疑问。

因为他聪明，所以我们尊敬他；

因为他淫荡，所以我们鄙视他。

好笑的情节实在太多了，经典的对话实在太多了，作者对语言的运用简直是行云流水、炉火纯青。我想之所以有这样的效果，如果要归功于作者的文字，还不如归功于自身的幽默气质和纯真情感的喷薄而出。这些话语、这些事件就可能是我们互相之间发生的，看见这些文字，我好像看见了那些青春可爱的孩子，也想到我周围的同学。同学之间的互相捉弄、学生与老师的"斗争"、各自发生的糗事……

看完之后，阿牛的形象在我的心里不断地凸出再凸出，原先给他身上加盖的"色"字印章却越来越淡、越来越淡，最后只有一个印象：阳光灿烂的阿牛！

虽然"色"，虽然捣蛋，然而善良、正直、快乐。想想，我们的同学中总有着扮演同样角色的"阿牛"，正是他们，给我们带来了多少快乐。

我是大笑着读完这个小说，想到的是有着"小强"故事的《清华夜谈》，想到的是《此间的少年》。我不知道为何有这样的联想，后来仔细想想，大概就是真实、幽默四字。而幽默更是这部小说的热点，可以说采取事件写法，就简化了情节性，更能突出幽默性。其实，幽默并不是编造出来的，在我们日常生活中，我们有意或无意地创造着幽默，创造着快乐。生活是创造者，我们是创造者。

# 目录

CONTENTS

如果要用我去换取什么，我希望是你们的快乐。

——野百合

我
的
色
同
学

# 第 *1* 次事件

阿牛是我们文科班的骄傲，这一点毋庸置疑；

阿牛是我们文科班的耻辱，这一点毫无疑问。

因为他聪明，所以我们尊敬他；

因为他淫荡，所以我们鄙视他。

他的聪明在于不学习仍然可以教老师；

他的淫荡在于……可就多了……

每一天，他都不在听课，而在不停地看着窗外，只要走过的是个雌性动物，他的眼珠子就发亮，一天老师家的猫跑过去了，他就目不转睛地看。

我们都知道他的德行，就问他：

"这么认真，难不成它也是母的?"

阿牛答：

"奶奶的，小妞冲我扭屁股，不是母的，我就是!"

我们无言。

# 第 *2* 次事件

阿牛对于女性的热爱仿佛已经超过了对于异性的爱慕。

这让我们班的女生很幸福，也很恼怒。幸福的是他从不打击女生，无论长得多寒碜，他都夸奖，恼怒的是他对别的班的女生更是谄媚。

一天课间，这小子脸趴在了窗台上，对着窗外傻笑，半天不动。

我们很奇怪，就上去摆弄他，发现阿牛趴的地方有很多水。

再看这小子的眼睛都直了，顺着目光看去，原来是隔壁班的刚转来一个 pp 女生。

阿牛的口水仍然往下滴，啪嗒啪嗒，窗台上的水洼又大了……

## 第 *3* 次事件

阿牛的情书向来是最廉价的，弄得收到情书的女生都以为他在开玩笑。

为了表示自己的真心，阿牛在一个女生生日前的两个月，对大家宣布，要追到这个女生，要在生日时给大家一个惊喜。

我们就等啊。第二天，阿牛就四处要挂历纸，问他干什么他也不讲。以后的每一天，阿牛除了照常看窗外的美眉，就把所有的课上时间用来忙碌他的秘密，课上也不捣乱了，老师还表扬了他。

那个女孩生日那天，他搬来了一个大纸箱子，往女孩的桌上一放说："数数。"

大家很好奇，凑上看。女孩怔住了，问阿牛："阿牛，你搬来一箱子的纸鸭子干嘛?"

阿牛说："你数数。"大家很热心的帮他数阿数，发现有一千零二只。

就问："为啥多两只呀!"

阿牛答："那是我和她的娃!"

结果，女生拒绝了他，他仍然每天趴窗台。

## 第 *4* 次事件

阿牛的"魅力"是众所周知了，惹得很多别的年级、别的班的女生来看稀奇。

经常有女生假装上 wc（要去 wc 必须经过我们班），实际上是来看他，这可把阿牛美坏了，整天趴在窗子上冲着厕所傻笑，我们就逗他：

"阿牛，厕所也是母的？"

阿牛说："我经常看见你姐姐去，难不成是公的？"

阿牛被一顿暴扁……

## 第 5 次事件

阿牛不在乎任何事。

哪怕你说他是猪，是畜生，是人妖。

阿牛的痛楚在于他是乙肝病毒携带者。

为此他被一所知名大学退了回来（他实际上比我们高一级），这可能是他的惟一的痛处，所以我们从来都不提这两个字，说"乙"用"二"代替，说"肝"用"猪"来代替。就连老师讲课都会有意地回避一下，这是阿牛所不知道的。有一次讲一篇科普文章时，遇到了有关乙肝问题的一篇。实在是无法回避了，老师就跳过去了，但是又不能不讲，于是就吩咐大家自己在下面做，有不懂的再问老师。有个同学一时疏忽，竟问了起来，我们就骂他："你真二啊，像猪一样!! 你的肝有几斤了吧!"（我们那儿说一个人做事太粗心、不计后果，就用肝大这个词）

阿牛那时候就知道我们的苦心了，他什么都没说，只是笑了一笑。

第二天，阿牛仍然像往常一样，我们就放了心，下午全校大放假，就留下我们几个鬼在那儿玩儿，阿牛要打牌，我们都不同意，他就窜出去，仿佛发泄般，在走廊里喊：

"一缺三!!!"

# 第 6 次事件

阿牛的美女梦破碎了，阿牛的打牌梦破碎了，阿牛还有个梦，就是有一天把教导主任的头发全揪光，最好也实施宫刑。我们都觉得这个理想太伟大，实在没有能力去帮助他实现，所以就只能从精神上支持他。

教导主任最怕的就是他的老婆，教导主任最喜欢的就是把 ppmm 叫到办公室"语重心长"，那时全校的十大美女，我们班有 5 个名额，所以阿牛组织了敢死队保护这 5 个女孩，还说：除了睡觉、洗澡、方便不能如影随形，其他都要处处设防。阿牛痛恨教导主任，是因为教导主任的魔掌时不时伸向我们班。开始时，一个一个 ppmm 训话，后来一起叫进了办公室。阿牛忍不住了，就猫在窗外观察，什么也看不见。阿牛急了，跑到门口，一推门，大喊：

"主任，你老婆来了，手里拎着鸡毛掸子！"

后来，阿牛被罚在国旗下站了半天。

再后来，我们问阿牛："教导主任是色狼吗？"

阿牛说："奶奶的，是，我进去时，他正瞄着 5 个女生，手在下面乱动。"

再后来，我们打听到，那几天教导主任的痔疮犯了……

# 第 7 次事件（如果能称得上事件的话）

有一次考数学，阿牛得了满分，数学老师是个 28 岁的女老师，长得很标致。

我们就问阿牛，是不是因为老师漂亮才得的满分，他和老师之间肯定有什么。

阿牛特别生气，就对我们大吼："我和焦焦没什么！"（数

学老师姓焦)

我们都：噢……

他看了就更急了，抓住我们中的每一个人的衣领（这次不分男女了），喊：

"你们无耻！我们很清白！我就去过她家帮她铺过床换过尿布！"

话音未落，数学老师走了进来……

阿牛沉默了好几天。

后来我们才知道，老师的丈夫是个海军军官，长年累月地在各国港口来来回回。一年才有一次探亲假，所以焦老师的生活很不容易。就是生产的时候都没有人在身边，这许久以来焦老师一个人支撑着家，照顾着年幼的孩子，工作还很尽心尽力。

知道这件事情之后，我们很自觉地轮流去焦老师家帮她干活，焦老师特别地感动。过年的时候焦老师的丈夫回来了，他请我们大吃了一顿，还很真诚地感谢了我们。第一次，我们觉得和老师的距离是那么近。

# 第 8 次事件

阿牛有一天给班上的一个 ppmm 写情书时给班主任发现了。

班主任当然不会放过这个绝好的教育机会，把阿牛叫到教室外面训话#·￥%（此处省去 15000 字），阿牛笑嘻嘻地一动不动。大夏天，门口又是大草坪，很多蚊子在那儿飞舞，阿牛那天穿的是大裤衩，我们很替他担心。

一个小时过去了，阿牛回来了。我们中有个好事者数了数阿牛腿上的包，足足 179 个！！！

挺心疼的，下课去医务室要了酒精给他擦，他一边龇牙咧嘴一边说：

"我看蚊子都是母的，让它们多生几窝，叮死老班！"

唉……

## 第 *9* 次事件

阿牛真的坠入情网了！！

这个消息传开是在阿牛请假的第3天。阿牛请了一个星期的假去看他的病，同学们挺想他的；上课的气氛一下子严肃了不少；平时被他整治的老师们也特别想他，总觉得班上死气沉沉。

这时突然有人说阿牛的请假是因为他两天前追的女孩拒绝了他，并且把原因说了出来，是因为阿牛最担心的痛处，据说有人看见他哭了。

这下子班里炸开了锅，都想去扁那个女孩。正在大家商量准备去羞辱那女孩一顿的时候，阿牛回来了。大家都不说话，生怕伤了他，他却大大咧咧地说：

"同志们！在回来的路上，看到一个女孩子骑车漏光，她穿红色的内裤！哈哈，赚了！"

于是我们就怀疑他是不是真的失恋了，这个问题到现在在我们班还是个谜，大家都不愿揭开谜底。

## 第 *10* 次事件

阿牛生平最喜欢的两件事就是睡觉和看 mm。

我和阿牛是班里的死党，缘于那次他给我折的一千只鸭子；虽然我没接受他的爱情，但是我喜欢他的性格，于是我就知道了他的很多事情，比如下面的一件：

刚进高中，男女生的宿舍区之间只有一堵不到两米高的墙，有一段日子，女生老是丢衣服，而且都是内衣。学校怀疑是校外的变态人溜进来了，就让男生组成了夜防组，轮流给女生宿舍区巡逻。

那天阿牛执勤，转了上半夜没事，他就休息了，让搭档去值下半夜。

半夜，突然听到有人喊，阿牛就从床上跳了下来抓起铁锹就跑出去，看到人影就打，没打着。那人想翻墙逃跑，阿牛一急就扑了上去，扑掉了那人的裤子。

后来，那人就没穿裤子光着屁股被押去了派出所。

这是阿牛最兴奋的一件事了，事隔多年，他还在嘀咕：

"要是女的就好了。"

# 第 *11* 次事件

班里终于春游了，我们相约去爬香山。

最大的问题是怎么去。香山离学校大概三四十里，骑自行车是最省钱的办法，但也有问题，就是有两个女生不会骑车。哈哈，有两个男生要既幸福又劳累了！当然，这两个男生里要有一个是阿牛。

废话不说，骑车上路。路上阿牛老是制造一些"事端"让后座的女生抱着他的腰尖叫。我们就在那儿看笑话，一路倒也无事，终于到了香山脚下。山很陡，需要大家手拉手才能不摔跤，阿牛又开心地咧着嘴。路到中途，阿牛在路上猛喝的水起了作用，他找地方解决，被他整蛊的那个女生，带了相机悄悄跟了上去……

回到学校第 2 天，阿牛伟岸的身躯就被贴进了告示栏。很多人都知道他，大家拼命笑他。

阿牛无所谓地跑到告示栏，在上面加了一句：

"想看正面，请交 5 元钱！"

# 第 *12* 次事件

春游事件后，教导主任排查谁在告示栏里贴这种东西，班里同学都心知肚明，就是没人说。教导主任就说："你们去春游，不可能是别的人拍下来的，肯定是你们，不说，就一个班罚站！"拍照的女生急了，刚想站起来，被同桌按住了。

结果，我们一个班 88 人一起去站国旗。好多人围观，大家心里特别反感；阿牛倒是很激动，一个劲地朝着来观看我们的 mm 抛媚眼，又被教导主任发现了。主任让我们其他人回去，罚阿牛不停地朝他抛同样的媚眼。半天下来，阿牛回到了班里，眼睛都直了，第一句话就是：

"你们别拉我，我不活了。

我把眼睛挖了，捐给一条母狗，下午换它去！"

（我们真替主任的将来担心哪！）

# 第 *13* 次事件

阿牛的性格是那种率直的甚至有些纯真，但是他无疑又是淫荡的；他很复杂，但是他的可爱和不顾一切的执著又让我们欢喜。

阿牛的经常失恋在我们班已是司空见惯，但是有一次阿牛似乎真的受了打击，好几天都是沉默的。我们几个好事者总想知道原因，就去问他，他支支吾吾了半天，终于说了出来。

那天他和以前的同学去逛街，从商场的8楼站在电梯上往下（是那种楼梯型的电梯），一不小心看到了一个特别ppmm，于是他又追着去看，不顾一切地死皮赖脸地要电话，不顾一切地死皮赖脸地要送人家回家，不顾一切地死皮赖脸地要人家的地址，终于送到了小区的门口，临进去之前ppmm说了一句话：

"如果你打电话是我老公接的话，他会感谢你送我回家。"

阿牛的伤心不是因为这一句，而是在转过脸来的那一刹那竟然看到了他已经暗恋多时的隔壁的班花！原来刚刚那mm是班花的姐姐！

## 第 *14* 次事件

阿牛是个喜欢拿自己和别人开玩笑的人，我们不得不承认他给我们带来了很多的欢笑，使得我们在紧张的学习生活中有了很多甘甜的、辛酸的笑话。阿牛的搞笑是带着很多尊严感的，比如说他拍照片绝对不会穿衣服，但是绝对会穿着某样东东。一次阿牛又拿来了自己的照片，照片上的阿牛光着上身，穿着一双大头皮鞋，手里拿着一把菜刀，腰上系着一块枕巾，堪堪遮住了自己。

据说，阿牛每天回到宿舍第一件事就是把内裤脱下戴到头上，那时还没有小新，我们那时对于他的"大逆不道"是带着几分佩服的；但终是没有勇气脱下自己的内裤套到自己的头上。

阿牛说我："你不是没有，你是有着将自己的内裤套到别人的头上的勇气！"

狂打！

# 第 *15* 次事件

快要毕业了，大家都有些舍不得。高考的压力似乎冲不淡我们的热情，我们决定背着老师搞一次联欢会；我们决定去阿牛家。直到现在，我们对阿牛的生活是一无所知的；我们都充满了好奇，阿牛似乎很无所谓。

一个周末我们相约同去，按照阿牛说的路线，我们上了依维柯，辗转3个小时，终于到了。阿牛的家在蔷薇河畔，门前是开满蔷薇花的蔷薇河，美丽极了。阿牛家有一辆摩托车，于是从未骑过摩托的我手特别痒，决定让阿牛带着我遛一圈。谁知刚启动不到100米，就遇上了一辆卡车，阿牛一打车头就冲进了路边的河里。我落在了水里，坐在那儿拼命地哭，喊救命！

大家都急忙赶了过来，围着我，就是不救。我急坏了，就骂他们没良心，亏得我平时对他们那么好。阿牛却拉着众人走了，这时我才发现水只没过了我的肚子，还是坐着的。

不用说摩托车是废了，可是阿牛却一点都不生气，我一天都在忐忑："这车多少钱啊，我赔得起吗？"

临走了，阿牛拉我到一边小声说：

"这车不是我的，是李峰的（我的另一个同学，今天没来）。"

# 第 *16* 次事件

阿牛对于我的感情是近乎依赖的，因为我能懂他的想法。上课时我们经常一唱一和，惹老师生气是我们的爱好。但是因为我们的点滴聪明，老师对我们的感情也是很复杂。

还有两个月就高中毕业了，我和阿牛是不会担心上大学的问题的，因为我们对自己有自信，正如班主任老师对自己的教杆有信心一样。

那天我们偷偷跑出去买零食。上早自习的时候班主任一般是不会在教室看着的，所以我们翻墙出去了。在外面给大家带了点吃的，两个人含着根香肠就又要翻墙进去。说好的他先翻我递东西，结果他爬上去就冲我龇牙咧嘴，我以为他看不起我，就说："你等我翻给你看！"

我一用劲就上墙了。我俩骑在墙上，墙里站着校长。

那天，我俩被罚骑了两节课的墙；下来时，我俩都成了罗圈腿。校长对我们说：

"建议你们下次爬大门（天啊，校大门是铁的，上面是尖尖的箭头）！"

阿牛说："校长，我一个眼儿就够用了！"

# 第 *17* 次事件

阿牛是个特别懒惰的人。如果大家约去到哪儿哪儿玩，他肯定是会花半天的功夫来研究怎样走可以节省 5 分钟的路程。这一点还体现在体育课上，阿牛特别不爱上体育课，那时体育课的主要学习内容是单杠和引体向上、俯卧撑（男生），跳山羊和仰卧起坐（女生）。

每节课总有几个女生见习（大家都知道是什么原因，我就不明说了），阿牛羡慕死这些女生了。有一天，又有几个女生见习，阿牛忍不住了，就对老师说："老师，我也要见习。"老师问其原因，阿牛说："我和她们一样的。唉，男人，每个月总有那么几天！"

老师一句话都没说。

结果老师就让他和女生一起去跳山羊，并且要求他要和女生的姿势一样的优美，结果那天阿牛的裤裆裂了，走路真的就一扭一扭的了，我们都快笑晕了。

## 第 *18* 次事件

阿牛在宿舍的种种行为终于让同学们受不了了：比如睡前他会学女生发出淫荡的声音，搅得男生睡不好觉（他因此得了个"人妖"的绰号）；再比如他会流着口水、伸着舌头看着别人碗里的饭，并且还"不小心"把口水滴到别人的碗里，恶心得别人暴扁他（他为此得了个"畜生"的绰号）。

有一天，他被轰了出来，大家责令他在校外住，于是阿牛就卷了铺盖真的走了，在学校附近租了一间房子，房东是个三四十岁的妇女。大家于是就后悔说了那样的话，很想让他回来，他终是没有回来，大家就经常去他那儿骚扰他，倒也快活。

有一天早上，阿牛又迟到了，还一拐一瘸的，老师问他为什么，他说："早上起来洗冷水澡，正洗着，老板娘突然推门进来了。阿牛一吓，踩着香皂摔倒了，还是老板娘扶他起来的……"

我们暴笑，班主任什么没说就走了（估计是快憋不住了）。老师走后我们问他："阿牛，失身了吗？"

他特别不好意思地说："老板娘说了，小伙子，不要不好意思，我看的多了！"

一大堆男生又围了上去，七嘴八舌的，不知在问些什么。但是看见他们激动的眼光和阿牛无助的眼光混在一起，我就知道，那晚阿牛肯定把房间退了回了宿舍。

## 第 *19* 次事件

阿牛无疑是个有义气的人，特别是对女生，他经常会替

13

别人顶一些罪名。

我们校规挺严的，表现在几乎每星期校长在晨会上都会宣布 5 名左右的人受处分，每两星期就会有一个人被劝退或被开除。但是阿牛似乎对这些熟视无睹了，照旧触犯老师和校里大大小小的主任。

有一段时间，学校的电路施工，经常会停电，我们就买了蜡烛，每人一盏。屋里的空气很不好，阿牛就建议分散到没有晚自习的初中部教室看书，大家偷偷地去了。

我和阿牛几人往初一年级去，发现校园中的几棵虬曲的古松，树干上很平整。我就建议大家爬到树上去，大家每人上了一棵树。我就在树上点蜡烛，大家纷纷效仿。结果一不小心，我的蜡烛倒了，树一下子呼啦着了。松树啊！没救成。

学校追究时，阿牛替我顶了罪名，学校就罚阿牛种 20 棵树。我就和阿牛一起挖坑，一起找树苗，种完了，阿牛就说："我每天晚上就冲它方便，保准很快长大。"

过了没几天，我们种的树死了好几棵，我就研究为什么，阿牛说："不用研究了，它们生命力太差，重种。"

后来我才知道，阿牛果真是每天对着树方便，而且就是那几棵树；目击者是他宿舍的男生，作案时间是每晚晚自习放学后。

# 第 20 次事件

还有一个月就高考了，学校进行了最后一次模拟考。我坐在阿牛的后面。呵呵，我们是按照年级的名次坐的座位，阿牛是年级第一名，所以我的成绩也不错的（臭屁一下）。

这次的年级 30 名好像有了一些变动，这是我从阿牛的神情中发现的。

离考试还有 5 分钟，突然一个女生尖叫了一声："天哪，我没带铅笔橡皮！"（考英语啊！）阿牛紧张地问我："你带了吗？"

我说："带了，你没带？"

阿牛："嗯。"

我就把铅笔一折两断，橡皮一刀两断给了他。谁知，他拿了铅笔橡皮给了那个女生。那个女生用感激的目光对他看了又看，我用鄙视的目光对他看了又看。

后来我发现他真的没带铅笔橡皮，于是赶紧答完卷子把自己的借给他，大骂他。

他却说："这是泡妞的最高境界。"

# 第 21 次事件

阿牛对于女孩的痴迷，我一直认为是无药可救的，直到有一天……

一个星期六，学校放假让我们回家探亲，顺便填一填缺油少荤的胃。那天大概有四五个人没回家，晚上就在教室里看书。我也没回，因为我家就在学校外面，一墙之隔呀。晚上来自习，那天阿牛也在。

灯是灭的，我们点了十几根蜡烛，倒也温馨，时不时地我们逗阿牛玩一玩，很快一晚就要过去了。临走时我问阿牛回吗？他说再看一会儿，我就走了。

第二天，阿牛兴奋地来找我，拉我到一边，对我说：昨晚那个某某（我们班一个女生）让我在教室里陪她说说话，说着说着她就说："能借你的肩靠一下吗？"

我就问："后来呢？"

他说："靠了。"

我问："后来呢?"

他说："我让她靠了。"

我急死了："你这个死人,快说完。"

他说："我太紧张,忘了自己要干吗了!"

我说："亲她了吗?"

他说："紧张得发抖,说话都没力气了。"

我说："窝囊!要是我靠着你呢?"

他说："你不是喜欢女人吗?"

我打……

他说："要是你我肯定不会紧张,我会慌张,看你饥不择食的样子。"

阿牛一动不动地让那个女孩靠了两个多小时,那个幸福那个惨哪!

## 第 22 次事件

离高考还有不到20天的时候,阿牛的同桌给我写了封情书,偷偷地塞在我的抽屉里,没有署真实姓名。我就怀疑有人整治我,于是就拿了情书向阿牛请教。阿牛一眼认出了字迹,告诉我是他的同桌。我就装作什么也没发生,还是每天和阿牛逗乐,和老师奋战。他的同桌憋不住,一个晚上,在我回家的路上截住了我。

当时惟一的反映就是撒腿就跑。第二天对阿牛讲了,阿牛给我分析了一下:"就我多年以来追女孩子的经验,他追不到你;但就生物学原理,他能追到你。"我很奇怪,哪有那么多的原理啊?"

他煞有介事地说:"根据经验,对于男生,女孩见你就逃,不是觉得你话语恶心就是觉得你长得伤心;根据生物学原理，母鸡见到公鸡，就算是对其有好感，也要装作逃跑来勾引他。你是母鸡的话，他就成功了！"我打！

我给他的同桌写了封信："我是女孩，不是母鸡！不懂问阿牛！"

弄得他的同桌直到大学毕业都觉得我脑袋有问题。估计他也是没问阿牛，或者阿牛又给了他更奇怪的解释。这次拒绝直接导致我的人格被伤害，却不是那个男生的。

# 第 *23* 次事件

这个故事稍微有些 X，不过，也是阿牛的本性啊。

阿牛平时不喜欢唱歌，但是却喜欢听别人唱歌。在我们的一次小型的联欢会上，大家都起哄让阿牛唱一首歌。阿牛倒也爽快，拿着话筒就上台了（地点是教室，音响是我们从家里搬来的，屋里的彩灯是我们用彩纸裹在日光灯上的结果），他对负责背景音乐的二子说："来一首《梅花三弄》！"二子很配合，阿牛唱得很投入，我们也很投入，我们都投入得用桔子皮、香蕉皮砸他——他唱得实在太难听了！

阿牛抵不过大家的"热情"，终于不唱了，改为说歌。不知大家知不知道周杰伦的那首"一记左勾拳右勾拳，一根我不抽的烟，一放好多年"，那时并没有这首歌，但那天阿牛的词和这句非常相似。阿牛因为那天的说歌，一直被我们班女生憎恨。

他是这样说的："一个猥琐的处男，一根没人抽的烟，一放好多年。"

当时那阵笑离校长办公室只有十点零一米，这阵笑的主角，我们班的男生。女生决定用下句话评价他：

卑鄙肮脏龌龊下流无耻恶心。

## 第 *24* 次事件

离高考还有不到 10 天时，大家开始有些紧张，又有些懒怠，感觉总是怪怪的。班里的几对情侣开始频繁接触，估计是因为压力过于大或者有种马上要分开的慌张感觉。

阿牛那几天也神神鬼鬼的，班里的气氛很是压抑。阿牛不搞笑了，我们更加注意起他来。根据他们宿舍的报告，阿牛每天都回去很晚，每天都是早起；虽然说大夏天的这种生活作风很正常，但是对阿牛这个以睡觉著称的人来说就太奇怪了。

于是我们决定跟踪阿牛。那天早上不到 5 点，我们几个就偷偷地聚在一起等阿牛出来。不一会，阿牛背了个小袋子出了校门。看他一直往西走，我们就很奇怪。学校西边是一个很大的人工湖，叫双清湖。传说每年都有好多小孩在这里溺水身亡，当然也就传说有鬼之类的。我们几个吓坏了，决定猜拳，输了的人继续跟踪。结果我输了。

我跟着阿牛到了湖边，就觉得湖边的大树特别可怕，清晨的雾被风一吹，有种诡异的感觉。我怕是怕，可我还得硬着头皮上去，发现阿牛在爬树，然后往口袋里扔东西。我第一感觉是他是不是在上面藏了东西。回来告诉同学，他们都在猜，可是没有结果。

快离开学校的时候这个谜底才解开，原来阿牛去那儿采叶子，并在每片叶子上写了不同的话，打算送给每一个人。大家都觉得对不起他，因为我们在猜：他偷了东西，那是赃物；他是不是有梦游症；他是不是有神经病等等。

后来才知道，阿牛第一次白天去采叶子时被看园林大妈罚了 20 块钱！所以……

这是惟一一次我们没有觉得这是个笑话。

对了，他之所以去采那么多次，是因为他在前几次采的叶子上写的"金榜题名"都写成了"金榜提名"，所以才……

# 第 25 次事件

学校怕我们在高考之前拼命学习会把身体搞跨，就责令班主任看着我们去做自由活动，但是大家还是会偷偷溜回来，尤其是阿牛。后来，班主任就请来了体育老师对我们统一训练。这下，所有人都老老实实地呆在了操场上。可是，大家的服装不适合运动（男生穿着拖鞋，女生穿着裙子）。本来嘛，到了高三就是老油条了，不怕老师骂，爱穿什么穿什么。阿牛是我们当中最听老师话的，长裤长褂，纽扣都全系上的，非常整齐。

那天，体育老师说，女生回宿舍换校服裤子（到膝盖的那种），男生就地脱长裤穿校服裤。男生都直接脱了长裤，或者直接就是穿着的校服裤（也是到膝盖的），阿牛死活不脱，旁边的男生就上去扯他的裤子，阿牛急了：

"老师，我没穿校服裤，也没穿内裤！"

（我们终于知道阿牛为啥平时捂得那么严实了。）

老师说："没关系，女生宿舍近，你去借条吧！"本是和他开玩笑的；没想，阿牛真的跑去了。回来时，穿的是我们班一个女生的睡裤，花花的。那节课我们根本没力气上课了，笑得快晕了。后来，据说阿牛又买了一条新裤子还给人家了。后来问那个女生为什么愿意借，那女生说："上次从床上下来，不小心屁股上刮了个洞，一直没穿挂在那。那天阿牛一进宿舍就选中了花裤子。"

阿牛知道这件事后，一直在问："上体育课那天，谁看过我?!!!"

## 第 $26$ 次事件

离高考还有 3 天时，学校不再进行任何教学活动，我们改为自习。

愿意回家的回家，愿意留校的留校，我们几乎都留了校。大家呆在教室里有的看书，有的聊天。说实话，屋子里很热，虽然电风扇不停地转，可是 80 多人的屋子，空气都像凝固了。

这时后面传来一阵躁动，原来我们班一个身体比较差的女孩晕了过去。不知是因为真热，还是因为心理素质不好太紧张，反正是晕了过去。大家慌慌张张地，不知该如是好。还是阿牛反应得快：让她平躺，掐人中。我们七手八脚地做了，还是没醒，阿牛就说："做人工呼吸！"

可是我们都不会，阿牛说："我来！"

于是阿牛就上去了，我们去报告了班主任。班主任找了车冲到门口，这一折腾也有 10 分钟了；此时女生醒了过来，大家又把她送去了医院。医生说女生有先天性心脏病，幸亏做了人工呼吸；太危险了。大家都回来了，就问阿牛怎么懂这个。

阿牛说："我一点都不会人工呼吸，就想献出我的初吻。"我们倒！

女生第二天回了学校，问哪个女生给她做的人工呼吸，想感谢她。我们都没敢告诉她，怕她会想不开。阿牛此时也是没吱声，估计他也想到后果了。

阿牛的初吻终于在高中毕业前送了出去，这是阿牛在毕业前最开心的事情。不过阿牛一直有些愧疚，因为那天早上他吃了很多大蒜。我们有理由怀疑，那个女生不是被阿牛的人工呼吸救的，而是给某种气味熏的。

# 第 27 次事件

这个故事放在平日里，我是决计不敢讲的，但是这两天被姐妹们刺激坏了，索性粗鲁到底了！

高中时我们有很多兴趣小组，大家可以同时选择 3 个。我选择了生物、化学和作文。有一次自习课，我们去生物实验室活动。老师那天给我们讲的是女性受孕过程。阿牛也在，估计他绝不单单是因为好奇而来的。

老师在黑板上挂了一张图，边看图边说："男性的上亿颗精子进入输卵管，寻求卵子结合，在这上亿颗精子中最后能游到目的地的只剩下不到十分之一（这个数字已经记不清了），最后与卵子结合并且落巢的（指子宫）只有一个或者两个，其他的都会因为没有卵子结合而死掉。其实我们每一个人在没有生下来之前已经经过了一场特别残酷的斗争了，看看比例就知道了。"

阿牛在后面一直一语不发，老师讲到这时，他突然冒出了一句无限感慨的话：

"真是'一精功成万精枯啊'！"

所有人……

# 第 28 次事件

高考 3 天对于我们来说是一种煎熬，因为天太热、我们太紧张，可是对于阿牛来讲，却是幸福得要死。用他的话讲是："我这两天特别幸福是有原因的：第一是因为食堂的伙食上星级了，吃的那叫一个爽；第二是因为考场里的两个女孩子也上星级了，看的那叫一个痒。"我们就知道他是肯定不会用心考试了，所以就骂他："这么关键的时刻，你却在那儿看美女，你要是把文科状元让给了隔壁的中学，我们和你没完!"

终于考完了，大家根本顾不上几家欢乐几家愁。全班早就约好了，集体大逃亡。所有人都把高考甩在了身后，只知道高中3年被压抑的热情如今要爆发出来，此时无论谁也挡不住!

我们决定去金山的金仙庵去住一个晚上，并且在山上开个篝火晚会。那天，我们每个人都要准备个节目。我和阿牛联手演了个小品。那台词是我在一个月之前就准备好了的，不记得当时说了什么，只记得大家都笑疯了。但是那晚大家仿佛要冲破自己喉咙的笑我记得很清楚，因为那次的聚会，同学给了我很多的信心，让我在以后的大学生活中一直编写小品、表演小品。

阿牛那晚给我们说了他最大的梦想："只想娶个老婆，每晚给我挠挠脚。"

我不知这是不是一个男人的最真实的想法，那晚我对他的梦想是充满了不屑的，到如今也是如此。你们知道吗?

# 第 29 次事件

阿牛让我们所有人都吃了一惊的是：他并没有去他理想中的大学的理想专业，而是去了清华的某一个公费专业。暑假的时候，我们班88人，只有一人没有拿到大学通知书，老师又高兴又遗憾。谢师宴上，阿牛特别伤感，带着我们唱了一首《一路顺风》，唱得大家失声痛哭。

暑假一结束，大家就奔往了天南海北，有的还出了国。一瞬间，校园里安静了不少。可能我是惟一知道阿牛苦衷的人，开学的那些日子，阿牛很郁闷，因为要复检。阿牛一度萌生了退学的念头，他的父母身体非常不好，他的压力越来越大。后来他开始卖自己的行李书籍，我知道时他都写了退学申请。后来我千里迢迢地赶到了他的学校，希望和他当面谈谈。值得庆幸的是，朋友的力量让他回心转意了。不幸的是，由于我的逃课行为，被学校处以劝退。

阿牛觉得很对不起我，打电话求我的院长。院长说学校最近加大打击的力度，不能手软。阿牛于是每天都打电话求情，最后我落了个严重警告处分。

这个事件一点都不好笑，却和前面的每一件事情一样印在了我的脑子里。我一直认为男孩女孩间没有单纯的友情，那时我知道自己是错的，阿牛是我的朋友。

# 第 *30* 次事件

阿牛进入了大学，学的是比较特殊的专业，每一年都有很多的补助和各个地方的捐款，所以阿牛的学业还是比较容易维持的。阿牛经常感觉很郁闷，因为他们班的女生很多，可是实在没有阿牛感兴趣的。所以阿牛经常打击那些找了本班女生的男生们。

他们经常组织出去社会实践，阿牛是很喜欢实践的。有一次他去了幼儿园实践，所有的人都很开心，可以看到胖乎乎的孩子谁不高兴？阿牛和 3 个女生一组，到了幼儿园，小朋友都和阿牛玩，阿牛就问小朋友为什么，小朋友大声地回答："叔叔，阿姨太丑了！"

要是一般人，肯定装作没听见。阿牛却要死不活地给了那个小朋友一个棒棒糖，其他孩子一看，都争着说："阿姨太丑了，阿姨太丑了……"

阿牛回了学校，他真的是完整地回去了。可是以后的日子里，阿牛被这3个女生的眼光杀死了无数回，最惨的一次是被罚光着上身在公园里说："先生，你要毛片吗?"

## 第 *31* 次事件

阿牛人妖的绰号直接带进了大学，因为每天在宿舍里学女生叫的最像的还是他。有一天，他们宿舍的男生比看谁平躺在被子里最不容易被别人发现，阿牛采用了一招得了冠军：他把被子铺好，自己就卡在床和墙之间的空隙处（他住上床）。

有一天晚上，他们又比赛学女生叫和躲被窝。这次阿牛的声音太尖，楼下宿管科的老大爷跑上来，非得说是阿牛的宿舍藏了女生。阿牛的舍友百般解释，大爷还是不罢休，把衣柜等地方搜查了一遍。阿牛躲在被窝里偷偷地笑，大爷像是发现了新大陆，冲到阿牛的床边，一把掀开被子，大吼一声："我说男生哪有那么小，就知道你躲在这里!"

这一次，阿牛的夹床功出名了。女生们纷纷想要充分利用阿牛的优点；在换宿舍的时候，她们拉阿牛去宿舍检查床是不是合格，会不会漏人。阿牛对于女生的邀请向来是来者不拒，每次被请的时候，他都愉快地去。回来的时候，舍友们问他和哪个女生会擦出火花，他都打哈哈。后来大家才发现：女生们找他哪是利用他的夹床功，明明是去做苦力了。女生也喜欢找个好欺负的男生蹂躏啊! 呵呵。

## 第 *32* 次事件

上大学了，阿牛对我说："我每天都给你写信吧，一个星期寄一次。"我说："你要写得好一些啊，不要记流水账。"于是阿牛遵守了自己的诺言，每天真的很认真地给我写信，以下就是一封他写给我的信：

小雨：

你好！

今天我6:15醒了，上了个厕所，回来继续睡。

7:45的时候，我定的闹钟响了，把它扔了继续睡。

7:55的时候被同学掀了被子拖出来，胡乱地刷牙洗脸冲到教室，老师还没来。

11:45下课了，我睡了整整一个上午。醒来的时候没听见闹钟响，以为闹钟坏了，就拼命地摸闹钟，摸到了同学的大腿，被暴打一顿。

12:00准时冲进食堂，点了一个豆腐，拼命喊同学："你吃不吃我的豆腐？今天的豆腐很嫩啊。"大家装作不认识我。

中午回到宿舍午休，不知道自己是不是太累了，又是一个开心的午觉。醒来的时候，口水流了一枕头，心里想今天晚上一定要洗枕巾啊，就把自己的枕巾偷偷放在"妖怪"的盆子里。他分不清是谁的，洗完了才会发现，哈哈。

13:30我又起来了，因为下午的英语课老师很漂亮，一个星期就只有这节课可以看见美女，我不能错过了。屁颠屁颠地跑到教室，接到通知：老师生病，今天的课取消了。很郁闷地回了宿舍。

14:27开始看碟，是一个超级浪漫的爱情片；看得我眼泪哗哗地，头疼，睡觉。

17:01起来吃饭，到了食堂，没点豆腐，点了一份稀饭，明晃晃的，就在里面照自己。没见到老师的心情就是不爽，打算今晚给你写信。

19：56 开始给你写信，不知道写什么，写啊写啊，写到了这。这就是我一天的生活。好了，再见。

还有，我的枕巾被"妖怪"发现了，我只好自己洗了。

1998 年 10 月 12 日

阿牛的信总是这个样子，在信纸里面我几乎能看见他的一举一动，想像出他的"矬"。我细心地收藏他的每一封信，因为感觉这是他对我的一份信任；迅速地给他回信，希望自己的信能给他带来快乐。

# 第 *33* 次事件

阿牛的班级组织春游，这可把阿牛乐坏了；阿牛就是喜欢看见有花有草有美人的地方，尤其是陌生的地方和从未见过的美人。阿牛接到生活委员的通知开始就在宿舍里发情地（他自己这么说的，不是我的评价）狂叫："左边我的春游，右边我的美人！"

结果班级通知春游的地点是烈士陵园，阿牛那个伤心啊！真是捶胸顿足，痛不欲生。无奈何还是要去的，班主任说："不去就扣掉下个月的补助！"阿牛说："为了 200 元我去了！大家明鉴啊，为了 200 元。"同学们都骂他无耻，他却是无所谓。

到了烈士陵园，阿牛和班级同学合影留念。那天阿牛穿着不知从哪儿搞来的军装，打着领带，一副人模人样。拍照的时候大家都几近严肃，谁也没有注意到阿牛，可是等到照片出来的时候，大家都追着阿牛要杀了他。因为他在拍照的时候，把自己的领带卸了下来斜捆在头上，活像一个逃兵。要知道这张照片是班主任想当成本班的特色活动上报学校的，就这么被阿牛毁了。

于是大家不得不到附近的街道进行一次义务劳动，拍了照片，草草了事。阿牛那天被大家罚去捡厕所附近的废弃物。阿牛倒是开心得不得了，边捡边唱："我们来到厕所旁边，臭气从身边刮过，不管是男厕所还是女厕所，都是我的活我的活……"

# 第 *34* 次事件

我对阿牛说："你的爱就像这个大城市的人口一样多。"阿牛说："那是因为漂亮的女孩多，我恨不得再生一个身体，看尽人间美色，享尽人间快乐。"

我对他鄙视之极："难道在你的眼中世界上就只有男人和女人吗？"他说："是啊，这个世界其实很简单，每个人赤条条来去，惟一能留下的就是感情。我喜欢为感情活着，其他的都无所谓。"

阿牛会把所有的事物全归结为阴阳，比如他认为黄瓜、香蕉就是男性的象征，而苹果、荔枝就有女人的影子。所以他坚决拒绝吃黄瓜和香蕉，而当他买水果送女生的时候一定会买香蕉。写在这里，希望收过他香蕉的女生千万不要骂我呀，其实香蕉本身挺好吃的！

不知道为何，总觉得阿牛的内心深处是有一个女孩的。这个女孩会在我静下来给阿牛回信的时候闪出模糊的影子，可是我却抓不到她，只是觉得应该是很温柔的，阿牛喜欢温柔的女孩。不知道阿牛有没有给她送过香蕉，而她是不是也像苹果和荔枝。

我的脸整天红扑扑的，大家都说我像只苹果。那日写信告诉阿牛："大家都说我是个红苹果哎！"谁知他回的信上什么都没写，就画了一个大苹果，上面被咬了一口，旁边有个注释："这个苹果味道不错，我咬（要）了！"

我一气之下就画了根香蕉，光光的去皮的香蕉，寄了给他，寄了就后悔了。果不其然，他的回信中说："没事不要乱扒我的衣服，想看你就说嘛！"

## 第 35 次事件

阿牛的腰很灵活，阿牛的脖子就更灵活了，这都归功于他每天孜孜不倦地四处搜寻女生。阿牛的脖子的灵活程度我就不做细细的描述了，但是阿牛的腰我是一定要说一说的。阿牛的腰可以实现高速的顺畅圆滑的转动。他扭腰的时候，大腿和胸部可以保持几乎不动，只有腰部和臀部在扭动，而且扭得挺好看的。阿牛就对我说："知道我美丽性感的屁股是怎样生成的吗？就是这样每天扭动 200 圈。"

我不知道别人有没有见识过他的扭腰，但是毫无疑问的是在他们班扫舞盲活动中，阿牛是作为重点攻坚对象的。阿牛很幸运，一个美女做了他的舞伴，他就两只眼睛直直地盯着人家看，忘记了跳舞，忘记了节拍，最严重的是还忘记了场地，带着女生跳着跳着就跳出了门。女生也是不好意思被男生那么看，所以紧张地低着头。等到知道老师站到他们前面，挡住他们继续前行的舞步的时候，阿牛才反应过来，脱口而出的一句话竟是："老师，真巧呀，您也在这！"

老师那个伤心哪！刚才在上面口干舌燥地讲了快一个小时了，阿牛竟然都没看过他！

这下子，阿牛可高兴去当做舞盲被扫了。一到星期三的晚上，他必然洗手刷牙，然后擦皮鞋。有一天晚上，那个女生约了阿牛去看电影，可把阿牛乐得飞上了天。飞快地挤着鞋油擦鞋，飞快地挤着牙膏刷牙，边刷边唱歌。等阿牛从水房回来的时候，他们宿舍的人都劝他不要赴约了。可是阿牛怎会放弃这个机会？顾不上照一照镜子检查一下是否打理得当，就飞速跑到女生宿舍下等着。女生出来了，见到阿牛就狂笑不止。阿牛不明所以，女生拿了随身携带的小镜子给阿牛，阿牛看了差点没哭出来：他用鞋油刷牙了。

他还好死不活地说："怪不得我一直觉得鞋油的作用不大，我的鞋子越擦越不亮呢？原来是牙膏哇！"

# 第 36 次事件

阿牛有一段时间迷上了看碟，就和同学合伙买了台电脑。于是就疯狂下载和疯狂借碟，阿牛最爱看的就是三级片。不仅是爱看，还喜欢和同学分享，用阿牛的话说就是武功有108件兵器，成人之事也有同样数目。这是他们宿舍男生极力拥护的，对此我极为不齿；当他在电话里和我说起此事时，我惟一的反应就是这孩子学坏了。

阿牛的同学长得实在是让他伤心，所以对于女孩子，他非常灵敏。楼下有个卖雪糕的小女孩，阿牛经常看完了碟就去买一只雪糕。每次都在买完雪糕后一边吃一边回头看，走到宿舍楼下时正好吃完。巧的是，每次都被同学撞见，每次都会被挪揄几句：

"阿牛，又降火去了？"

## 第 *37* 次事件

阿牛宿舍有个家伙特别爱看黄书，在自己的床上装了床帘，偷偷躲在里面欣赏。

他特别喜欢一边吃瓜子和花生一边看书，而且有一个惯性动作：吃一颗瓜子或花生就翻一页书，绝不多吃，也绝不多翻。吃完了的瓜子皮和花生壳就顺着床缝扔到床底，累计一个星期，周日早上 8 点必然起来打扫床底。

阿牛对他的这个习惯非常好奇，有一天在周六晚上，阿牛趁着大家都睡熟了，起来把那个男生的床底打扫了。第二天早上，那个男生眯着眼睛拿着扫帚，哗啦哗啦半天没有脏东西。很奇怪，就问宿舍的人，大家都不知道。阿牛说："兴许你的床下招来了一窝老鼠精狐狸精什么的，以后还要天天丢啊，不然会爬到你床上索要的。"

男生吓坏了，每天认认真真地丢瓜子皮和花生壳……

## 第 *38* 次事件

终于有机会回到北京去看阿牛了，整理了行装，登上了北上的火车。

到站的时候，看见阿牛站在车厢外面，很高兴地笑。那时候就觉得他的脸像一朵菊花。难得把一个男生和一种花联系起来。可是此时，我却觉得他脸上的褶子真的像一朵菊花。于是就和他开玩笑，他倒是一本正经地回答："你形容得不对，其实这还不足以表明我的兴奋。要用这样的形容：脸上的褶子能夹死一只苍蝇！"

离别后的想念岂是几句话就能说得完的，我们一边谈笑，一边往车站外走。途中我们发现，我们之间的默契竟然还是在的！因为我们在看女孩子的时候仍然不会忘记分对方一杯羹，阿牛就看见一个女孩，拼命地给我递眼色。我顺着他的眼神看去，看到一个长得很一般的女孩子。很奇怪，几月不见，阿牛的欣赏水平直线下滑呀！

刚想打击阿牛，突然发现，阿牛让我看的女孩子的衣服很特别：白色的 T 恤上边有一个很大的圆圈，圆圈中间写着一个大大的"拆"字。不明所以，看着阿牛："什么意思啊，拆迁？"阿牛摇摇头，回答：

"这明明是第三者的工作服吗，见到恋人、夫妻就拆，拼命地拆！"

这个死阿牛，亏他想得出来！

# 第 *39* 次事件

阿牛的学校是个知名的学府，可是阿牛却不是他们学校一般意义上的出色学生。阿牛一直认为：如果选学校不是你的爱好，选专业不是你的喜好，那么你很容易被学校埋没掉。因为不是你的爱好和喜好，你就不会全力以赴，就不会成为大众眼中的优等生。

其实我又何尝不是呢？我每天在学校里也是很郁闷，惟一的乐趣就是等待阿牛的来信和给阿牛回信，听他讲他学校的趣事和他自己的无厘头。阿牛把我给他写的信复印了一份寄了给我，让我把自己的信和他的回信按照当初的时间顺序放在一起，就会发现非常有意思。我照做了，整理中数数我们的信件数量足足快一千封了。突然之间发现，我和阿牛在遥远的异乡竟是通过信件来彼此安慰和鼓励的。最不开心的日子里写信，最开心的日子里写信，信是我们的寄托。

大学的生活飞快地过去了，转眼就是毕业的日子。我很

清
华
有
男
初
长
成

幸运地北上，本以为能和阿牛在一个城市共事，谁料想阿牛也选择了北上。用他的话说就是："哎，南方的女孩子看多了，现在我要转往北方，看北方的美女，听说身材挺拔、样貌俊俏、不可方物哇！"

虽然不能在一起回忆开心的日子，但是我知道阿牛到哪里都会是阳光灿烂，那里的人们肯定会因为阿牛的幽默而高兴。

恨

喜 恨

无常

很久很久以前就希望自己能够把一个人的经历写下来，就像自己是其中的主角一样。那应该是一种站在雨中流泪的状态，泪和着雨不停地发泄，就像我，与这个故事中的主人公同喜同悲。

认识小雨是因为工作的缘故。我向来喜欢听别人的故事，喜欢和有故事的人交谈，这总让我的生活里有很多人的影子。我不孤独，白天有很多朋友向我讲述自己的故事，晚上坐在灯下整理的时候，故事里的主人公会非常的鲜活，仿佛从纸间跃出来和我交流。

曾经想过写自己，可是生怕因为加入了太多的主观的东西而让文章毫无生气。可能别人的故事才让我更感动，每个人一辈子直接接触的东西好少，亲眼目睹的世界好小。是别人的经历和阅历让我们更加充实。坐在车中，看着北京街道上如水的车流，常常想：每辆车中的每双眼睛都会看到一个世界，一个属于这双眼睛的世界；角度不同，范围不同，心情不同，世界也不同。所以人生也就是这样的丰富多彩了吧，即使是住在千篇一律的鸽子笼般的楼房里，也有楼层不同带来的不同的视角。

和别人讲述自己的故事时，眼中泛着平和的光，听别人讲故事时，眼角却经常是湿润的。正如听小雨的经历，我竟是大喜大悲了几次。经常会做一些这样的梦：我常常在一个场景外观看里面的主人公生生死死、喜喜悲悲，忽然地，我就成了里面的一个人物，但还是保存着旁观者的心态，真实而又残忍。

# 1. 出生

我姓和，小名小雨。我出生在一个大宗族家庭，族长是我爷爷，倍受族人的尊重。我是爷爷的长孙女，在族里我的辈分最低。按理说，时至今日，社会文明昌华，不应有宗族之说。但是，不知为什么祖上就一直传下来了，大家也很习惯这种方式，起码觉得不会受外人欺负。

我出生时，妈妈被族里的人瞧不起，原来他们都希望妈妈能生个男孩。爸爸对妈妈也是不满，觉得因为妈妈他才被爷爷瞧不起。族里的重男轻女由来已久，从族里的构成就可以看出：爷爷的爷爷生了 5 个儿子，爷爷的爸爸生了 5 个儿子，其他的兄弟共生了 24 个儿子，可是到了爷爷这一辈 29 人中只有爷爷生了两个儿子，就是我爸爸和我大伯，其他的人所生的儿子不多，多为女儿家，就是有几个男孩子，也是因为诸多祸事夭折或自杀。大伯早年出国留学，爷爷膝下只有爸爸一子，爸爸 24 岁结婚，25 岁就生了我。

生下 100 天，妈妈把我剃了光头；3 个月大时，妈妈给我穿男婴的衣服；一周岁时，妈妈因受不了爸爸的折磨提出离婚。

妈妈向爸爸提出离婚的原因是：爸爸用铁锹铲断了妈妈的一根脚筋，铲断后扔下铁锹就走了，是邻居送妈妈去的医院。当时我不记事，这件事情是我长到 5 岁时隔壁的四奶奶告诉我的。奇怪的是爸爸妈妈的婚没有离成，可能这也是我的故事能够写下去的最主要的原因。

据说，这次事件后，妈妈爸爸就开始经常打架。我记事特别早，记忆里最早的也是他们打架。一天早上，妈妈帮我收拾妥当，就准备带着我一起去上班。不知为何，爸爸忽然从床上跳起来，狠狠地给了妈妈一个耳光。妈妈就哭着带着我推上车子，爸爸从床上跳下来追着打妈妈；妈妈抱着我在前面跑，爸爸穿着短裤在后面追。妈妈骑上了车，带着我离开了家。我就听见爸爸的谩骂声从我后面传来，我回头看见了爸爸：赤着脚，光着上身，只穿一条短裤，站在雪地里。不知为

何，我觉得爸爸的脸上全是红的，就像浑身的血液全涌到了脸上。妈妈对我说了一句话，那句话后来影响了我20年："小雨，长大了，离开这个罪恶的家，走的越远越好。"

那个早上的事件，就让我记住了爸爸的红的像血的脸，以后的记忆中，爸爸的脸一直都是这个颜色。那时我不知道爸爸为什么要打妈妈，印象中总是没说上几句话他们就会吵架，然后就是拳脚相加。后来终于知道爸爸为什么打妈妈，那段时间爸爸迷上了赌博，整天不上班，还把家里能卖的东西全卖了。那天早上，爸爸竟然和妈妈提出：把我也押在赌桌上，反正不喜欢我这个丫头。妈妈不同意，所以就挨了一耳光。从那天开始，妈妈就带着我住在了医院的宿舍，妈妈是个护士。

没过多久，爸爸就活不下去了，爷爷一把火烧光了爸爸的房子。自然是因为爸爸的酗酒滥赌惹恼了爷爷。另外好像还有一个原因，这个原因要从爸爸15岁时说起。那时，大伯刚刚出国，爷爷整天和奶奶吵架，还经常几个月不回家。奶奶一个人承担了所有的家务，又气又急之下生了病，一病不起，爸爸去求爷爷回来，却看见爷爷和一个女人鬼混。爸爸跪了爷爷，爷爷就是不回，也不给钱看病，不到半年，奶奶就活活病死了。奶奶临死前，拉住爸爸的手："儿子，不要恨你大大，我都不恨他。你一定要娶村西的染布坊老板的三女儿（那就是我妈妈），她是个好姑娘。"奶奶就这样走了，走时我最小的姑姑只有一岁。奶奶死后，爷爷回了家，还对爸爸说要娶个新妈妈给爸爸，爸爸很恨爷爷，就是不同意。只要那个女人来到爸爸家，爸爸就想尽办法整她。爷爷动怒了，大冬天脱光了爸爸的衣服用皮鞭抽他。爸爸一声不吭，抵死不道歉。过了几年这样的日子，爸爸就是不低头，爷爷带着几个女儿离开了家，到了城里买了2层小楼住了下来。从此，爸爸和爷爷再也没有交往，包括爸爸结婚爷爷都没有搭理。

爸爸遵照奶奶的临终之言娶了妈妈，妈妈奉了父母之命嫁给了爸爸。

# 2. 学校

我两岁了，没了房子的爸爸一时间暴戾之气少了许多，主动向妈妈承认了错误，住到了妈妈的宿舍。妈妈看在了我的面子上也就原谅了爸爸，毕竟离婚不是什么光彩的事情，尤其是在他们那个年代。

爸爸决定下海了，原因自然也在房子。妈妈的工作特别忙，没有时间照顾我，就把我送进了幼儿园小班。爸爸南下去了缅甸、泰国，又辗转去了越南、朝鲜、韩国、日本（后来知道的），这一去就没了音讯。我在幼儿园经常打架。大班的孩子老是抢我的玩具，还经常把我打趴下。按照我的性格当然不会示弱，找了一个大班的很壮的男孩子，我给了他两块泡泡糖，收买了他让他替我修理那个整天欺负我的男孩子。终于我被老师找上门来了，妈妈一个劲地赔礼道歉，只好把我领回家。

妈妈带着我过着很艰难的日子，可是我却没给妈妈省心，还闯下了大祸。医院院长一直觊觎妈妈的美丽，又看爸爸不在家，所以经常骚扰妈妈。妈妈很烦她，一直拒绝。有一天晚上，他竟然跑到宿舍的门口一个劲地敲门，让妈妈放他进去，妈妈不同意，他就威胁妈妈要开除妈妈。妈妈就是不同意，后来他就走了，妈妈抱着我哭，对我说："小雨，记住这辈子一定要嫁个好男人，一定不要被男人欺负！"

我气坏了，第二天跑到妈妈的办公室，对着妈妈的同事就说："院长昨晚想欺负妈妈，一直敲我家的门，院长是个大老虎，院长是坏蛋。"这件事很快就传开了，妈妈被院长开除了，原因是医院超编，实际上是因为我。妈妈没了工作，宿舍也被收回了，百般无奈之下，妈妈带着我回了老家。

# 3. 回家

妈妈带着我回了老家，回了那片早已被爷爷烧了个精光的宅子。亲朋无人问津，只有舅舅过来帮忙，给妈妈用防雨的毡布搭了个帐篷。妈妈带着我在宅子上种起了大棚，里面全是妈妈用积蓄买的菜种子。妈妈每天黑天白日地干活，还不忘记闲下来时教我认字儿。那时我已经很懂事了，就是身体不好，这样的日子过了半年，妈妈的菜棚子有了收入。

一天我用树枝在地上写字，就看见一个男人走到我身边，问我："你妈呢?"我第一反映是，有人要欺负妈妈。

我就很生气地对他说："你找我妈妈干什么?"

这个男人也不生气，笑着说："找你妈妈过日子。"

我拿了树枝就打他。

妈妈看见了，很吃惊地喊："小雨爸!"

这时我才知道他是我爸爸，我对他的印象已经很模糊了，惟一的记忆就是他的红红的脸。爸爸回来了，我可高兴了，觉得自己和妈妈安全了，再也没有人欺负我们了。爸爸带回了很多钱，是他在外面挣的。爸爸决定盖房子，盖那种很大很大的房子。我可高兴坏了，整天围在爸爸的身边，跳来跳去的。爸爸好像也不那么讨厌我了，也不再打妈妈。不到3个月的功夫，两层小楼就盖起来了。我在老家的村里也上起了幼儿园。房子很漂亮，爸爸还买了两辆车，一辆卡车，一辆轿车。

爸爸开始和妈妈搭档开起了夫妻店，本以为这是幸福的开始，谁知……

## 4. 波澜

本以为一切都会从头来过，谁又知上苍捉弄凡人。爸爸的好脾气并没有持续多久，我的苦难才真正来临。爸爸已经不是很频繁地打妈妈，已经从3天一小打5天一大打，变成了一月一小打，三月一大打。而我就没有那么幸运，那时爸爸对我的学习特别感兴趣，他特别喜欢考我。他考我的方式也很特别，回答上来一题就得一分，回答不上来就是一个耳光，到最后100题答完，算算总分，比如得80分，那么就自己用鞋子打自己20下耳光，每次我都不能得满分，最好的一次得了86分。

那段时间,我只要看着妈妈不挨打就很满足了,对于自己已是很麻木了。家里买了一台电视机,爸爸喜欢一边看电视一边喝酒,一喝就是一斤多。喝完后,如果我运气好的话他就睡觉了,如果运气不好,我肯定又会被抡几耳光。爸爸对我的仇视已经快让我崩溃了,我就偷偷问妈妈:“妈妈,我是爸爸的亲生女儿吗?”妈妈哭着说:“是的。”我就很奇怪,但是我开始恨爸爸了。

爸爸打妈妈最厉害的一次是妈妈怀孕8个月时，他把妈妈踢倒，然后一个劲地踹妈妈的高高的肚子。我拉不动爸爸，就跪下来求他：“爸爸，你打我吧，别打妈妈，我求求你了！”

爸爸停下了，就劈头盖脸地打我，我不哭，我只是在想：“大不了你给了我命，我再还给你！”

我越不哭爸爸打得就越凶，我最后什么都不知道了，只感觉到身上的血已不再是我的，眼前只是一片红色，血红血红的……

## 5. 铭记

所有的亲情都在爸爸打我的拳声中消失了，换之而来的是满腔的仇恨和漫长的等待。

妈妈终于生下了弟弟，妈妈终于得到了应有的尊重和地位，而我似乎就更渺小了。妈妈把几乎全部的精力都放在了弟弟和爸爸的身上，已经很少注意到我。我每天在学校里怎样她都不管，爸爸也不管，只是向我要期中期末的两次成绩。考了双百是应该的，爸爸会丢给我一个笑容；考不到双百，我不敢回家，回家对我来说就意味着疼痛和压抑。

我感到自己在家里是多余的，就想离开家，可是我又没有钱。于是我决定去拾石子儿，捡了两个月卖了25元钱。那是我第一次靠自己的力气赚的钱，我把他们放在了自己的口袋里，幻想着离开家。可是，没过几天爸爸翻我的口袋发现了这笔钱，认为是我偷的。就把我用绳子吊在了院子里的槐树上，用棍子抡。我就是不说，结果我的腿被爸爸打断了。从那以后，爸爸规定我除了上学，哪儿都不许去，还在门口画了一条5米线，只要他发现我越线就要砸断我的腿。从那时起，我终于明白妈妈和我说的那句话："小雨啊，生在这个家你没有选择，但是等你长大了，长大了一定要离开这个罪恶的家。"从那以后，我就把离开那个家当成我自己最大的人生目标，就把长大当成自己脱离苦海的惟一途径。

# 6. 孤独

看着爸爸把弟弟抛上抛下地疼着亲着，我才发现印象中爸爸从未抱过我。后来，爸爸还是会打妈妈，不过不是真的打她，而是一要快打时就先打我。有一天晚上，爸爸从外面回来，带着一身酒气。进门一声不吭，拿了门口的棍子就进来抡我，妈妈想上来护着我，被爸爸甩开了。那晚爸爸没用棍子打我，也没用巴掌。只是让我脱光了衣服站在门口的一块冰上，一站两个小时。那晚我对着漆黑的夜发誓："有生之年，我要偿还他加在我身上的所有痛苦！！"

我在家里什么都要做，弟弟虽然很小，却也发现了家里人对我不好，他也经常欺负我，经常打我一下，然后自己在那儿大哭。爸爸跑过来，他就指着我，于是爸爸就会劈头盖脸地一顿打，弟弟就在一边偷偷地笑。我还是什么都不说，爸爸打我时我就冷冷地笑，爸爸看到我笑就骂我是扫帚星，我还是笑，仿佛生命中已经没有了苦难值得我流一滴泪。

我不愿回家，喜欢呆在学校。哪位同学对我稍微好一点，我就特别感激，暗暗记在心里，一有机会就报答人家。很多同学邀我去他们家里玩，我都不敢去，因为我害怕看见他们的爸爸妈妈宠爱他们的样子。当然如果有人对我不好，我也会深深地记在心底，暗暗的告诉自己将来一定要让他（她）偿还！

## *7.* 劫难

如果说前面的煎熬算是煎熬的话，那么这一次就算是我命里的劫数。在五年级刚刚毕业的那个暑假，我得了奇怪的病。腹痛难忍，而且疼的部位每天都不一样。我疼得受不了就叫了出来，爸爸妈妈没办法就送我去了医院，医生确诊为恶性肿瘤晚期！！

从来没有抱过我的爸爸第一次抱着我从检验台上下来，那时我对自己说："就让我死吧，哪怕为了爸爸这一抱。"那时我对爸爸的恨全不见了，代之以从未有过的感动。等着动手术的那4天，每天我都偷偷把医生给我插进血管中的针拔掉，希望自己死去。每次都被巡夜的医生发现，后来医院通知爸爸让我做最后的拍片以备参考，却意外地发现，肿瘤发生了大跨度转移！原来的方案无法使用！

后来,手术终究没做,没有医生敢做。医生通知爸爸妈妈把我带回家,准备后事。那时候,我每天都很疼,身上扎满了银针还是疼,晚上我根本睡不着。不敢叫,怕打扰爸爸妈妈休息,就牙咬着被角忍着,被角全被我咬烂了。后来,妈妈听了外婆的话请了巫婆跳大神,再后来,我就不疼。去医院复检发现肿瘤不见了!大家都很吃惊,我也不知道自己身上发生了什么。从那以后,爸爸更加觉得我是个怪物。妈妈说是因为节气上没有给奶奶上坟,所以奶奶来警告我们,我就想:"奶奶啊奶奶,我从来没见过你,这个家里我已经受够了欺负,难不成你也欺负弱者?难道你就不心疼我?您要是活着,一定会对我特别好吧,如果您活着,一定会对我好的,因为小雨特别懂事啊!"

# 8. 挣扎

这场病之后我就一直很消瘦,一米五八的身高只有68斤。长期困扰我的肺病就每3个月复发一次,说起这肺病就是从爸爸罚我站冰开始得的,每每总是要咳出血来,每每要吃很多的药,吃药从来不按颗算,按把算。妈妈说养我这个孩子真是不划算,每一年吃药的钱远比我吃饭穿衣的钱多得多。

在初中的3年,大概有近两年的时间我是请的病假。好在自己很努力地看书,不让自己落下,因为我知道除了考上大学我没有别的出路。就在此时,爸爸的生意出了问题,从来不知珍惜钱的爸爸被他的狐朋狗友一下子骗去100多万,和别人合伙的生意也被做了手脚,就连那辆大卡车在南方跑长途时也出了车祸。车祸的那天晚上,爸爸接到司机的电话,带着仅有的几万元去赔偿受伤者,险些被受伤者家属暴打。对方要求赔偿十几万。无奈之下,爸爸想卖掉家里的轿车,就与当地一个中学签订了合同,就差付钱了。爸爸已经把车开到人家的校园里了，第二天去取钱时发现车子被盗。追究责任时，对方抵赖，说合同是爸爸伪造的，车子也是爸爸派人偷的。并且恶人先告状，一纸诉状把爸爸告上了法庭。

一方面经济亏空，一方面官司缠身，爸爸的暴戾之气又来了。所以，这一切的一切最终的承受者竟还是我。爸爸固执地认为是因为我家里才会这样，就每天罚我去村边的大井里挑水。天知道我的体重都没有两桶水重！但那时我还是答应了下来，每天去挑一缸水，再用它来浇菜园子和种菜。我感觉自己可以承受一切，最不能承受的是爸爸不让我上学了！班主任家访被爸爸用棍子抢了出来，老师也无能为力。最后，我终于鼓起勇气和爸爸理论，并且和他定下了协议：上学的钱我自己挣。

于是我推着冰柜满世界地卖冰棍，一个暑假赚了 255 元，这是我第二笔自己赚的钱，也是我能继续读书的希望！

# 9. 中学

拿着自己辛辛苦苦赚来的 255 元交了 205 元的学费（其中包括学校 100 元的赞助费，初中毕业就还给我们），被分进了初一（1）班。初一（1）班的平均成绩和其他班不分上下，但是我们班的班主任就差得太多。据说他是初中毕业之后被送去培训了一年，就回来教我们。这一说法是被后来的我证实了的，我也因此过了两年被压制的中学生活。

老家地方不大，芝麻大的事情都会扯上一大堆人。班主任和我家的关系就像是多年的宿怨似的，所以我就没有好果子吃。由于我是从农村小学毕业的，很多方面不如城里的孩子，比如英语口语，或者说是英语本就没学过。班里用的教学方法是快速记忆法，每天两节课要记 100 个单词，我压根连

10 个都记不住。每天班里都会进行一次记忆测试，后 10 名就要在讲台旁站着听课。我经常被押上去，班主任最喜欢拿着英语书卷成管子状抢我的头。

我是不允许别人打我的，所以每次我都用胳膊挡着，这样被敲了几次我就暗暗下功夫学英语。我没把学校的事情和爸爸妈妈讲，因为此时爸爸已经被生意的事情打击得一塌糊涂，整日沉醉赌博。我是住校的，平日里没有办法去赚钱，就和生物老师商量，我帮他种蘑菇，收成我去早市卖，他给我生活费，那时的生活费 30~40 元/月。生物老师经常鼓励我，要我一定考上一个好大学，他说我是块料。我就一直记得这句话，所以在我生病时，我一直对妈妈讲，我会有出息。

那时全国有一次中学生作文竞赛，我颤颤巍巍地报了名，还被班主任笑话了一通。事隔 3 个月我竟得了全省一等奖，全国二等奖。那是我第一次得全国的奖，拿着烫金的证书和 400 元奖金，我哭了。

# 10. 吐气

上到初三时我已经是学校里有名的文章虫子，喜欢写一些奇怪的东西，此时的我无疑是快乐的。因为不再住在家里，因为班主任换了一个，因为我终于把成绩提高了，距离我的梦越来越近。我经常梦见自己离开了家，走得很远很远。

我喜欢编小品，从初二开始我就写剧本，还把它搬上了舞台，那时轰动极了。班里的同学都觉得我的脑子里全是故事，其实那只不过是我对生活的憧憬罢了。因为我帮助班级在学校的晚会上得了一等奖，同学们都比较信服我。在初三开学的选举中，我当上了团支部书记和班长，并且通过竞职演讲当上了学生会主席。初三的日子我又是幸福的，老师对我很好，我终于知道被关心的滋味了。

那时，有我生命中第一个追求我的男孩子，虽然我不喜欢他，更不敢喜欢他，我还是有一些被追求的虚荣心的。那时大家对于感情是羞涩和生疏的，我更是。我就知道男女，却并不知道男女会有什么不同，可能惟一的不同就是力气不同吧？因为爸爸每次打我时，我无力反抗。初三的我以为爸爸会给我一些关注的，其实我要求的不多，就是希望他能多看我一眼，那眼神像看弟弟一样。我不怕他打，我只想他能疼我一点，可是我的一切希望都只是希望而已。我企图在家庭之外寻找一种爱了……

# *11.* 报复

班里有个男生对我特别好，我们经常在一起讨论问题，组织活动。慢慢地他喜欢上了我，可我却不敢接受他，因为在印象中，男人就是苦难的来源。就像爸爸一样，他给我的只是痛苦。有一次爸爸在打我时，我就说：你那么恨我，为什么生了我？既然生了我，为什么不好好疼我？你这样折磨我，不如一刀把我杀了！

我并不知道，这个男生也会给我带来苦难。那时，有一次周末回家，那个男生说："我和你同路，一起走吧?!"我同意了，在进我们村口时，看到爸爸瞪着红红的眼睛双手背在后面站在那儿。我特别高兴，以为是爸爸来接我了，一下蹦下了自行车，喊着："爸爸!"并且对那个男孩说："我爸爸来接我了。"那个男生笑笑继续往前骑车。

我的笑在脸上没停几秒钟就发现不对劲儿了，爸爸猛地从背后抽出了一根胳膊粗的棍子，没头没脸地抢我，我躲都躲不掉。他一边抢一边骂我："你这个小贱妇、扫帚星，人不

清
华
有
男
初
长
成

大匂汉子。我让你匂！我让你匂！我打死你！我打死你！"

那个男生没见过这样的阵势，急急地骑车跑了，我看着他跑，心里就想："这就是看似喜欢我的人啊，男人真不可信！"爸爸打累了，我却没感觉，头上的血把我的衣服染红了，我努力不让书本沾上血，怕回学校被同学发现。爸爸让我站起来，走一步用自己的鞋甩自己一个耳光，于是我就赤着脚，走一步甩一个。耳光不响，爸爸就会抢我一下，比我自己打的疼多了。于是我就狠命地抽自己，就像那张脸不是我自己的一样。

到了家，爸爸坐在那儿喝酒，口对口地灌。大概喝了两瓶白酒，就开始拿着菜刀比划着我，说："我生了你，给了你命，就有权利要回来。"说着刀就往我的头上落下了……

那把刀没有落在我的脸上，却紧贴着我的耳朵一下子钉在了门板上。因为在最后一刻弟弟抱住了爸爸的腿，爸爸的手偏了一下。当时我就感觉到从来没有的感觉，你们有过吓得大小便失禁吗？我告诉你们，我当时就吓得大小便失禁了。秽物顺着我的腿流了下来，我那时才知道，我害怕死亡。我一直都认为自己不怕的，没想到当死亡与我擦身而过时我竟吓得失禁！

因为我没想到爸爸真的会把刀落下来，虽然之前他用各种方式打我，我却一直不相信他会要杀了我！！那一刻，我决定报复！

晚上爸爸酒醉沉睡，妈妈搂着弟弟也进入了梦乡。我看了看弟弟和妈妈，到妈妈的药箱里拿了一根注射针和一堆药水，把所有的药水混在一起，决定扎向爸爸的身体。我之所以采取这种方式，是因为我考虑到我拿刀一刀砍不死他，砍不死他我的死亡也就没有意义了，我决定杀完爸爸自己再自杀，安眠药就在我的兜里。

拿着针看着鼾声如雷的爸爸，就是下不了手。我想到爸爸死后，妈妈和弟弟就会没有着落，我不想他们受苦，而我死了，妈妈肯定就会伤心。所以在几番犹豫之下，我排掉了针管里的药水。但是我实在太恨爸爸，就拿着针在他的腿上猛戳了一百多下，爸爸可能喝得太多，只翻了一个身就继续睡了。这时我发现妈妈用奇怪的眼神看着我，原来她已经醒了！

我看了看妈妈没有说话，就回到自己的屋里，爬到床上，等着第二天爸爸和我算总账。

# *12.* 回忆

第二天，爸爸一醒就喊腿疼，妈妈却轻描淡写地说："昨晚蚊子叮的，我身上也有很多。"爸爸觉得很奇怪："屋里一只蚊子都没有啊?"妈妈说："我半夜起来把它们打死了，没事，擦点酒精就好了。"爸爸就不再怀疑了，起床打牌去了。我在隔壁听见了，很感谢妈妈，决定和妈妈谈谈。

这一席谈话，我终于知道爸爸恨我的原因。

原来，爸爸和妈妈结婚时，爸爸对妈妈特别好。结婚两个月就怀孕了，爸爸很高兴，整天摸着妈妈的肚子喊儿子。妈妈就说可能是个女孩子，爸爸说他不喜欢女孩子，妈妈说她很喜欢，爸爸也就没说什么。等到怀孕6个月时，爸爸想让妈妈和他去查一查是男是女，妈妈也想知道就去了。一查是个女孩，爸爸就很不高兴，也没有生气，低着头回来的。这件事没过几天，爸爸突然神秘地带回来一个人，说要给我算算命。妈妈不想，奈何爸爸坚持也就算了算。

一算不打紧，这个术士就对爸爸说："千万别生这个孩子，就算生了，生下也要扔掉。这个孩子只旺夫旺子，可是却是克死父亲的命。留在身边，会让你破财伤命。"

爸爸信了术士的话，就非得赶着妈妈去堕胎，妈妈死活不同意，坚持生下了我。妈妈生我时爸爸都没在我们身边。妈妈生了我自己抱着我回的家。从那以后，我的生活就开始进入痛苦。爸爸从来不抱我，听见我哭就要把我摔死。还有一次，趁着妈妈不在家，爸爸把我扔了，妈妈找了很久才找到。

妈妈觉得我真像术士说的太暴戾，昨晚真的想杀死自己的亲生父亲，这是大逆不道。妈妈很伤心，就对我说："我当初真应该把你扔了！你愧对我养你这么多年，你生就了一付猪狗不如畜生的心。"

我那天哭得很凶，仿佛把自己出生以来的眼泪全流尽了。

# 13. 试飞

被妈妈骂后我终于知道为人子女是应该尊敬和爱自己的父母的，无论父母对自己怎样都要去爱他们孝敬他们。因为父母给了我最重要的东西，那就是生命，还有养育之恩。我忏悔了自己的行为，却湮灭不了对父亲的恨。我可以孝敬他，可是我实在不能理解他的行为。

对于妈妈我的感情是复杂的，因为在关键时刻救我而感激她，因为她被爸爸毒打而同情她，因为我 10 岁以后在被爸爸打时她表示漠然而责怪她，因为她经常把在爸爸处受到的痛苦转移在我身上痛打我而憎恨她。妈妈的性格我说不清，正如我不了解爸爸一样。爸爸打我时我是漠然的；妈妈打我时，我很伤心，因为她经常和爸爸吵架后一个劲儿地抽我的耳光。我一直觉得妈妈对我的感情也很复杂：我是她的女儿，她爱我；她因为我而受苦，她恨我。

我终于懂得了对于父母我不该再抱任何的希望，我决定尽量离家远远的。正好中考来临，我选择了离家最远的重点高中。非常顺利地考进高中，非常顺利地考进了保送免费生的行列。那年我 15 岁，生活终于向我敞开了大门，我第一次感觉到生活的美好。

但是在入学的前一个月，爸爸提出让我辍学。我很气愤，于是就和他大吵了起来，因为他不让我上学原因是他觉得女孩终究是人家的人，嫁出去的女泼出去的水，他不愿在我身上投资。于是我第二次和他定下了协议：让我上高中，我自己赚生活费（学费已免）。据说是乡里面帮我出了一半的学费，另外一半是免掉的。总之，我的运气很好，没有为巨额的学费担心。

我终于如愿以偿地进了这所寄宿学校，我的生活发生了很大的变化……

# 14. 春天

开学那天，我背着几件简单的换洗衣服和一些生活用品到了学校。奇怪的是，爸爸居然要送我！我一路上没和他讲几句话，因为我不知道他为什么要送我。到了学校，在新生分班告示上我找到了自己的名字。我的名字在 600 多名学生名单的第一个（按分数排的），那时爸爸似乎才发现自己平时最看不起的女儿在学校里是个出色的学生。

找到了自己的班级，到班主任那儿报了名。班主任被爸爸拉到一边，说了几分钟的话，班主任老师用莫名其妙的眼光打量我。此时我才明白爸爸来的原因，我对他的恨又增加了一层。果然，爸爸走后，班主任把我当成了问题学生骂了一顿，无非说我不尊敬父母之类的。我没有作任何解释，我觉得自己话说出来会很苍白，因为班主任相信父母不会说自己孩子的坏话。

好在我对别人的想法不是特别的在意，在班里我是开心的，因为同学们都不错。开学的第一个月发生了一件事情，老有一些貌似学生的社会青年混进学校，尤其是在晚自习的时候。那时我留着特别长的辫子，大概到我自己的膝盖位置。那些混混就喜欢骚扰我，在窗外用小纸团砸我，坏笑着说等我下晚自习找我。我不理他们，报告了班主任，班主任却说："苍蝇不叮无缝的蛋！"我暗骂班主任糊涂，只好在宿舍用剪刀剪断了自己的辫子，就是这样我终是没逃脱他们的骚扰，引发了一件大事……

# 15. 事件

混混的行为早就让我们班的男生很是气愤，苦于学校的纪律不让他们进行行动，只能报告班主任。班主任倒也是认真负责的，报告了学校的同时狠狠地警告我不许勾三搭四，气得我在心里把他的祖宗都骂了一遍。

事情并没有结束，一天晚上，我们宿舍发生了一件事情。那晚大家照常上晚自习，照常回到宿舍，照常梳洗上床熄灯。可是到半夜一点的时候，我听到屋里有奇怪的声音咿咿呀呀的，好像是有人的嘴巴被捂住了而发出的挣扎声。我大喊一声："谁！"

我摸到了灯开关，猛地开了灯，就发现一个男人的背影从我的一个同学床上窜了下来，冲了出去。我依稀认出了他是我班的一个男生。这时大家全醒了，被侮辱的女孩坐了起来，一个劲儿地哭。宿舍的其他女孩吓坏了，一个个坐在床上哭。我从床上下来，拿了门后的一根棍子追了出去。发现那个人，钻进了男厕所，我冲进了男厕所，却发现他又翻出了厕所跑到了校外，虽然我爬墙技术也很好，但我没敢追出去，我怕不止他一人。好在我借着月光看清了这个人。

回到宿舍，安抚那个女生，她说睡着睡着就觉得有人压着她，一睁眼就看见一个人在她身上，手在摸她，她想喊叫，嘴巴被堵住了。好在没有发生更恶劣的事情，我们舒了一口气，幸亏我发现得及时。女孩说那个人是我们班的男生，正好证实了我所认出的。大家都不敢睡觉，我就拿着棍子，坐在门口替她们看着。分析了一下，原来昨晚一直负责拴门的女孩忘记拴了，所以那个人才能进来。我主张报告宿管员，大家都不同意，就七嘴八舌地说什么丢人之类的，说着说着，她们就说："肯定是你（指我）招来的，老有男孩子注意你，他们肯定是冲着你来的，是因为你我们才受了惊吓，梅梅（那个被骚扰的女生）才会吃亏！"

我气坏了，第二天一早就把这件事情报告了班主任，并且指认出了那个男生！

# *16.* 血腥

报告了班主任，班主任很是重视，估计这是他工作生涯中第一次遇到这事情。他严肃地让我保密，不要对任何人讲，也不要报告学校。我回到了教室，班主任一个一个找我们宿舍的人了解情况。沉重的气氛让大家发觉一定发生了什么，男生们都在窃窃私语。那个肇事者男生装作什么都没发生，我狠狠地瞪了他一眼。

情况了解得差不多了，梅梅也指认出了那个男生——勇。不过指认是悄悄地进行的，班主任还是不让我们说出来。但是纸是包不住火的，我们班的班长——琛知道了这件事情。他代表班委要求老师严惩勇，可是班主任却迟迟不作决定，后来我们才知道，勇是班主任的亲侄子！！

正当我们要去报告校长时，琛一天晚上带了一条铁链子闯了祸。

那晚，我们照常自习到8：30，大家都走了，就剩下四五个人，我是负责锁门的，自然要最后一个走。我正收拾东西，忽然后面传来一声惨叫。我一回头发现，琛正用一条满是锋韧的铁链子抽勇的头。勇抱着满是血的头到处躲，大家都吓傻了，一动不动，我急坏了。上去抱着琛的腰，喊大家来拉着他，我一个人拉不住。大家才七手八脚地过来，琛一边追勇一边喊："我们男生的脸都让你丢尽了！"

勇护着头，跌跌撞撞地冲出了教室，他扶的桌子和墙面留下了酽酽的血红。我们抱住了琛，几个人坐在那儿，不知明天等待我们的是什么……

# 17. 罢课

第二天，班主任一进教室就把我们几个叫了出去，这件事情闹大了，校长知道了我们班发生了恶性殴打。我们几个去了校长室，当然勇闯进女生宿舍的事情也兜了出来。校长把我们几个骂了一通，尤其是我："作为班里的团支部书记，你平时的思想工作是怎么做的！你们班的班长竟然带头殴打同学！你们班的班委是干什么吃的！发生了那么大的事情为什么不报告学校！你们和流氓有什么不同！班里发生了事情，有人犯错就应该及时上报学校，哪有私自解决的！"

琛被留下了，那天全班停课。等到琛回来时，他一语不发，默默地收拾东西。我们就知道校长肯定要开除他了！我急得不行，就把所有的事情一五一十地全说了出来。班里的同学在我的鼓动下决定集体请愿，恳请校长挽留琛。由我起草了恳请书，大家签了名，几个班干部和我一起去了校长室。

结果我们无功而返，大家都在着急，此时传来一个消息，勇的家长要求琛赔偿全部损失，还要去医院给勇磕几个头赔礼道歉，并要求校长开除琛，否则告到省教委。校长气坏了，本想开除琛的，这下，校长打算也开除勇。可是这对于我们来说还是要失去琛，万般无奈之下，我带着大家集体罢课了。

我们在校园里发传单，呼吁大家恳请校长留下琛，开除勇。好多人加入了我们的行列，最后，校长被我们感动了，对琛的处分只是留校察看，若表现良好，一年后撤销处分。勇被开除了，他的行为本就让人不齿，还连累了琛，我们都恨他。班主任的行为直接造成了他的下岗，我们班一时之间没有老师愿意接任班主任。

班里议论纷纷……

# 18. 锻炼

同学们都在议论的不是为啥没有班主任，而是为啥一向平静和气的班长会突然那么暴戾。后来有一种说法是班长是为了我！好像大家都很认同这种观点，并且积极地为这一论点寻找论据。有的说，班长听说勇是为了我才去的女生宿舍，只不过摸错了人；还有的说班长一向袒护我，受不得别人欺负我；再有人说班长是为了给我出一口气，不想别人认为我那天也被侮辱……

总之，我发现，外部矛盾解决了，内部又开始分化了，这是不利于我们班的。此时，我不知道自己该做什么，一个冲动之下，我想去问问班长。因为我也很奇怪班长为什么转变那么大！一天傍晚，我约了班长到附近的湖边聊一聊，这次聊天让我终于明白了事情的原委。班长是蒙古人，初三时转学到我们当地，他最见不得就是男生欺负女生，更见不得侮辱女生。每当遇到这种事情他就会暴怒，因为小的时候他的姑姑被别人强暴了，姑姑以死明志。当时我都听傻了，因为我一直都以为男女之间除了暴力的摩擦再没有其他。这几天的事情更让我明白，原来在这个世界上男人占据着绝对的优势！

回到班里我把班长对我讲的话烂在了心里，不曾对任何人讲。班里议论也就只是议论，到不了指手画脚的地步，我索性不理。班里的无序让人头疼，晚自习大家都不来了，跑到附近的录像厅去看片的人越来越多。校长找到了我们几个班干部，狂骂了一通后，让我们暂时主持大局，并授权我可以参加学校的班主任会。我想我们班真的在学校臭名远扬了，每个老师都不愿接我们班，这是校长的下下策呀！我不敢不同意，就接下了活儿，可能就是这样才导致我以后做老师时的种种习惯和思维。

这样的日子持续了一个学期，我们班逐渐恢复了平静，毕竟大家都是为了学业才聚在一起。大家也慢慢接受了我的管理，甚至都有些习惯了，习惯我每天到讲台上总结一天的情况，习惯我组织的一切活动。说实话，当时我是一点成就感都没有，因为没有班主任的班级在学校里是让大家瞧不起的。我很希望我们有个班主任，我的愿望不久就实现了，校长招了一个新老师，打算接我们班。大家用很复杂的心情等待这个老师的到来……

# 19. 风云

此时的我以为逃离了家庭的束缚，整天一门心思地学习和同学相处。可是我错了，爸爸并没有放弃对我的控制，我感到很奇怪，他很讨厌我，我离开了家，不是正好吗？为什么还不放过我？为什么?!!!

就在新班主任走马上任不到一个月的时候，爸爸又来到了学校，向班主任提出要我退学。班主任很奇怪，因为退学的学生通常是因为负面的原因，而我一直表现很好。爸爸说：家里的条件不好，要我回去打工养家。班主任就找我谈了话，我很气愤爸爸的说法。家里虽然遭了重创，可是也算是富足人家。怎么会这么惨！更何况我上学并没有花家里的钱！

回家一问才知道，爸爸怕我考上大学让他花钱！我当时很生气，就对他说："我自小除了不懂事时花你的钱，后来就没打算花你的！"爸爸狂怒，一顿暴打，第二天我鼻青脸肿地回到学校。班主任终于知道了我的情况，很是生气，就向校长申请班级资助。所谓的班级资助其实就是把班费拿出来帮助我，班费肯定不会很多，班主任就鼓动大家集体变废为宝充实班费。我很感激他，也很感谢班里的兄弟姐妹，但我拒绝了。

我不想背着感激过日子，更不想欠大家那么大的人情，我选择自己面对。我去做了小时工，薪水还不错，只用晚上的时间。那时的我很骄傲，活得很有尊严。那个家我尽量不回，每次回去都是一大堆的家务让我做，每次回去我很少不鼻青脸肿地回来。此时弟弟也是小学五年级了，他不愿意在乡村上学，爸爸花了 1 万元给他找了个实验小学，就在我学校的隔壁。爷爷不知怎的竟然要把弟弟接到他家去，两家的关系开始复苏，似乎对我没有什么影响，我仍然被遗忘在角落。

# *20.* 朦胧

弟弟到了我旁边，自然经常见面，聊了几次，发现弟弟已经挺懂事的了。很高兴弟弟不像爸爸，所以有事情不管弟弟听不听得懂我都讲给他听，包括下面的这一件。

班里的男生都比较怕我，因为我总是很严肃，但是别的班的男生就不会了。不比刚进校那会儿，大家很羞涩，现在的

男生可是混得熟得不得了。就有好几个男生经常跑到我们班来撒泼耍坏。说也奇怪，我们班的漂亮女生确实很多，我在她们中间就像个丑小鸭。不过我倒不是很注重外表，我喜欢开朗外向的人，好在她们都不错，一来二去就成了朋友，她们中有个叫秋荷的成了我最好的朋友。

追求秋荷的男生都快排到学校的大门外了，经常和秋荷一起的我就更加衬托出自己的平凡来。我也不在乎，因为自己不想在这方面有什么浪漫经历，但是捉弄人的命运这次又和我开了个玩笑。隔壁班有个号称最帅的男生叫聘夫（真名），他竟然当着我们班所有人的面给我送了好大一捧黄玫瑰，当时我傻在那儿。他却是很潇洒："从今天开始，我正式开始追求你！"说完头也不回地走了，我还是傻站着，似乎不知自己身边发生了什么。班里的同学都偷偷地笑我，我尴尬极了。

要是收下花，就等于接受了他的追求；要是送回去，被他们班的人看见了更是说不清，我犹豫来犹豫去，决定扔了。可是看着那么漂亮的花真舍不得，我就把花放在了班里的讲台上当成是插花吧！从那天开始，聘夫隔几天就发一次神经，我头都快疼死了。这种事情我不懂，就请教秋荷，秋荷让我和聘夫谈一谈。我就约了聘夫，两个人畅谈了一次。聘夫告诉我他从我们班同学那儿打听到我的事情，决定给我点快乐和温暖，所以才追求我。我的心里说不出的滋味，其实一个女孩子被追求，无论她喜不喜欢这个人，心里都是开心的。此时聘夫的坦白无疑打破了我的这种开心，但同时我很感激他，希望他能结束这种非常爱情的做法。

# 21. 三角

我从来不觉得自己的喜好会侵害别人的利益，但是别人会这样认为。聘夫和我的事情并没有就此结束，没有结束的原因是因为我们班的另外一个女孩敏。聘夫不再瞎胡闹了，他竟然开始认认真真地追我！这是我始料未及的！大家都知道，那时在高中还是学习为主，这种风花雪月的事情不会被允许。

所以聘夫采取了地下行动，每天晚自习下课到宿舍熄灯之间有近两个小时，他每天都缠着送我回宿舍。我一开始不同意，但是后来撑不住他死缠烂打就由着他跟在我后面 5 米（现在想想真好玩）。其实他跟着我也确实起到了作用，因为时不时地会有小混混来骚扰我，他那时就会离我近一点。就这样的一前一后两个月，聘夫有些按捺不住了，他急于想知道我对他的感觉。

说实话我挺喜欢他的，但是我不敢接受，我怕这种事情会传到爸爸的耳朵里。怕什么来什么，我的同学敏打电话到我家把我在学校的事情全告诉了爸爸。我还什么都不知道的时候，爸爸就窜到了学校。当时我正在上英语课，爸爸一推门见了我，就扯着我的头发死命往外拉，任谁都拉不住。我被爸爸扯到学校的办公楼前，爸爸一脚踢在我的腿弯上，我站不住，被踢得跪在那儿。然后爸爸就破口大骂我如何如何，当时我记得太多的人围观，我觉得自己仿佛从来就没有过尊严，在那一天我更是没有！！

老师们都来劝爸爸，校长把爸爸拉进了校长室，我被班主任拉进了他的办公室。我一声不吭，面无表情，班主任以为我受的打击太大，一个劲儿地安慰我。而我只说了一句话："我习惯了……"

敏的行为激怒了聘夫，狂怒之下他抽了敏一个耳光，因为聘夫在找敏聊的时候，敏竟说我抢走了聘夫，原来敏一直

都很喜欢聘夫。敏说我是水性杨花勾引汉子时，聘夫抽了她。敏哭得不行，就来找我，骂我不要脸，骂我是歹毒的女人，一个个恶毒的字眼从她的嘴里吐出。我只是冷笑。

## 22. 拒绝

　　这次事件后，尽管聘夫对我一直持等待态度，但我实在没有勇气面对他，我做了逃兵。那晚我们约好见面，我们跑到教学楼的顶层。那晚的星星真亮啊！感觉很久都没有抬头看天了，我就贪婪地一个劲儿地数星星。聘夫站在我旁边，仿佛预感到我要说什么，一句话不说。终于他打破了沉默，问我是不是不能接受他，我说是。他就说："其实，一开始我和班里的同学打赌，如果我能追上你，他们就请我吃一顿饭。我其实不全为了打赌，我对你感到好奇，觉得你和别的人不一样，我想知道为什么。后来我知道了，我却真的爱上了你，像是小说里的一样。"

　　他挺了挺身子继续说："我真的可以接受你的一切包括你的家庭，我不在乎你的过去，甚至你是不是因为父母而变得有心理缺陷，我只想保护你。"说完他就等着我说话，我看了看天，看了看他，终还是摇了摇头：

　　"我不爱你，我对男生、对男人充满了不信任，我几乎是仇视对我有好感的男生，如果你还想做我的朋友，今后就别提追我两个字。这辈子我不会再让第二个男人动我身上的一根毫毛！谁都别想打我，除了我爸爸，我欠他一条命！"

　　聘夫很尊重我的选择，我们打算做朋友，可是这世界上没有那么简单的事情。聘夫转学了，转学的原因我和他都清楚，他不想看见我，看见我他就不想和我只是朋友的关系。他选择回到内蒙古，回到自己的家乡，学校觉得很可惜，因为聘夫的成绩非常好，学校觉得他能考进##大学，一直重点培养他。（果不其然，在那年的高考中，聘夫考进了##大学。）而我就一直做着我的缩头乌龟，不是不敢面对，而是身上伤痕累累。

弟弟的情况不是很好，爷爷奶奶对弟弟不好，究竟如何不好，弟弟从来不说，弟弟的性格发生了巨大的改变。弟弟的活泼调皮全部不见了，代之以无边的沉默寡言，回家的时候他除了和我说几句话之外，就把自己关在自己的屋子里。妈妈开始担心起弟弟的状况，几次想和弟弟聊一聊，弟弟都拒绝了。想来弟弟实在不愿意讲爷爷奶奶的坏话，但是我知道弟弟肯定是受了委屈。后来才知道，弟弟竟是有夜里尿床的毛病，奶奶老是嘲笑弟弟。弟弟后来就经常尿湿了自己焐干，从来不敢和奶奶说。就这样奶奶发现了还是骂弟弟一通，而且还不帮他洗晒，弟弟那年12岁。

12岁的弟弟开始特别地懂事，至少对于我的态度发生了很大的改变。弟弟不常说话，但是和我说的都是让我感动的话："姐，其实你是个很好的人，你走了我会想你的。"这句话让我流了眼泪，也让我对弟弟的感情变得更好了，不仅仅是因为血缘关系，还有一种同病相怜，只不过我的痛处在于父母，他的痛处在于爷爷奶奶。我俩都希望通过考学来解除自己的困境，所以我俩的目标非常的明确——考大学，离开家。

# 23. 高考

我期盼的高考终于来了，那几天我都没有食欲。一门心思想考完试我就解放了，一门心思想着迈进大学，离开家庭。考试时，我感觉一般，考到最后两门时我就觉得自己看不清

试卷了，在考最后一门时，我一下子从凳子上摔了下来。被医生抬了出去，诊断：由于长期营养不良，身体状况差，加上天热，中暑昏倒。等我清醒的时候考试时间已过，这意味着我落榜了！！

我浑浑噩噩地回了家，不知道自己该干些什么，就往床上一躺，一躺3天，不吃不喝。爸爸妈妈3天里都没和我讲话。3天后我起床一个劲儿地干活，不说话，没有表情。成绩出来了，我真的落榜了。爸爸看到我不讲话，就说："你说话呀，你怎么不说了？你不是说你能考上吗？你怎么没考上？人人都知道我有个女儿在上重点高中，你没考上你还有脸回来！你让我的脸往哪儿搁?！啊?！你说话呀！你说！你装什么死！"

我看着爸爸，脑袋里一片空白，我觉得我的世界崩溃了，就在这几天，我的世界一片废墟，连着我的希望、我的生存之念一并被埋葬了！我不想说话，我什么都不想说，我好累，我好累，能不能让我歇一歇？

爸爸看见我不说话，拿起身边的板凳砸在我的头上，我看不见自己的血的颜色，只觉得一股无色的液体混在了我的绝望里，让我愈加地绝望。爸爸一个劲儿地砸，我就像不认识他一样，瞪着眼看着他砸我。他更生气：你瞪着我干吗？我今天非打死你不可！我突然觉得爸爸很好笑，我就一个劲儿地大笑，大笑。爸爸说："你疯了，你敢笑我?！我掐死你！"说着就真的掐着我的脖子，我还是笑，妈妈这时猛地抽了我一个耳光。我停止了笑，眼泪顺着我的脸流了下来。我意识到刚才我和疯就差了一步，妈妈打醒了我。

# 24. 初恋

妈妈的一巴掌似乎让我看到了世间的炎凉，这种炎凉来自爸爸的无情，突然觉得自己更应该好好地活着，活着就有希望。我不哭了，不笑了，就对爸爸说："你别打我了，我以后会帮你们干活。但是路我要自己选择，不要逼我嫁人，更不要逼我停止学业。"

爸爸无语，站在角落一个劲儿地哭，虽然不是第一次见他哭，可是这一次我觉得是我的错。虽然心里很恨他，可是内心深处又是渴望一家人和和气气的，不想他们因为我而伤心。我默默地走了出去，我想到湖边去走走，正在我出门的时候，我看到了一个人，这个人在我的生命中起到了至关重要的作用……

他是我从小一起长大的同学（我们同学了8年，高中不在一起上），他带着一种说不出的表情看着我。对我说："老同学，3年不见了，我听说了你的事情，怎么会这样？"我无语。他和爸爸妈妈打了个招呼："叔叔阿姨，我陪小雨出去走走。"爸爸妈妈没有说什么，可能因为两家人本来就认识，也可能爸爸妈妈一向喜欢他。

从那天开始，他每天都到我家来，陪着我干活，给我带来了许多书籍。他对我说："看看路遥的《平凡的世界》吧！"我就看。看完了就和他交流心得，他劝我重新振作，他说："去复读吧，我和你爸爸谈。"那天，他和爸爸吵了起来，我第一次看到爸爸和一个人只吵架却不打架。最后爸爸竟然被他说服了！

自那天开始，我就有些希望他来我家，带着某种期盼。我看到他就像看到希望，看到亮光——生命路上的亮光，他是第一个给我这种感觉的人。8月12日那天他没来，我在家里干活儿老是出错：把味精当成盐，把醋当成酱油……妈妈发现了，就对我说："小雨，别想，这是不可能的，你的前途是

什么样还不知道，而他却是名牌大学，算了。"

妈妈的话给了我当头一击："是呀，怎么可能，他来就只不过为了帮助我，是看在我们同学8年的份上，我不应该玷污这份友情，我不可以喜欢他。再说，我的喜欢是带着一种悲剧色彩的，我不想带给他不开心。"我不停对自己说着："不可能，不可能。"我越是这么说心里就越是揪心似地想。第二天他还没来，一连5天，他终于来了，一看到我就问："小雨，你怎么那么憔悴？"我笑一笑，没说什么。他对我说，他要开学了，他想早走几天玩一玩，今天是和我来辞行的。我的心里就像缺了什么东西，空荡荡的。但是我假装很高兴，说了些祝福的话，还包括早日找到自己的另一半之类的违心话。他怔怔的看着我，说："如果可能我想把你带走，可是我没有这种能力。"他的话让我吃了一惊，愣在那儿不知如何是好。

# 25. 失落

听着他的不是很明确的说法，我不知该如何是好。他看着我说："我心疼你，很早以前就喜欢你，只是觉得配不上你。现在我要走了，我怕以后没有机会和你讲了。"

"那又为什么现在讲呢？我们是不可能的。"

"可能，你可以也考上我的大学，我们就可以在一起了，我等你……"

"真的？你真的等我？那好，我会好好复读的，我一定会考进你的学校！"

他看着我，我看着他，那时，那时的感觉就是我充满了动力！他轻轻对我说："你闭上眼睛。"我就闭上眼，我感觉他离我越来越近，我清楚地听到了自己的心跳，那种节奏仿佛要脱离我的胸膛。我想他要吻我了，我很害怕，也很激动，还有很多羞涩。他终于站定在我的面前，终于把湿润的唇贴在了我的额头上，轻轻地点了一下，然后迅速地离开了。他的步子很慌乱，他的脸色红红的，我想当时我也是那个样子。我们俩都很不好意思，他急急忙忙地走了，我怔在那儿，竟忘记了送他！这就是我的初吻？我想是的。

他走后，经常给我打电话鼓励我要好好读书。爸爸妈妈似乎已经知道了我们之间的事情，可是他们似乎都觉得不可能。而我就固执地认为他吻了我的额头就是爱我！我们已经是恋人了，我应该努力考上那所学校！我和爸爸达成了第3个协议：如果我考上大学，不可以花家里的一分钱，还要在毕业后负责弟弟的全部学费生活费。我同意了，因为只有这样，我才可以去复读。

我顺利地进了复读班，班主任申请减免了我的复读费。我开始很认真地读书，很认真地编织我和他未来的梦。班里的男孩子疯狂地给我写情书，我都笑笑还了回去。我的心里已经装不下任何人了，只有他。就这样，他一个月给我一封信，我也回一封，我们的信上从来没有甜言蜜语，可是我认为能看到他的字就是一种幸福。他总是向我倾诉大学是多么地让人失望，而他是多么地无聊。我就鼓励他好好学习，等着我。就这样，在离高考还有不到4个月的时候，他给我来了一封短短的信，信上只有短短一百余字：

小雨，我们分手吧，我现在不得不告诉你，我还喜欢一个人，她是我高中同学，她的性格开朗。我很痛苦，我分不清爱的到底是你还是她。记得8月12日那天吗？我没到你家去，那是因为她到我家住了5天，那天是我生日，她给我送了个大蛋糕，我很幸福。对不起，我不该惹你，我想好好学习，将来

有大出息。也希望你能好好考试，考上自己的理想学校，别来我们学校了。

我看完信，心里好像没有感觉，只想去睡一觉。只希望醒来了，所有事情都是一场梦。

# 26. 反省

一觉醒来，该忘却的一点都没忘却，反而印象更加深刻。回首想了想自己的初恋，开始自省：1. 他脚踩两只船；2. 他欺骗我的感情；3. 他逃避责任；但是 4. 他帮助过我；5. 那个吻是真实的；6. 我确实喜欢他；7. 我希望他幸福；8. 我可以理解他的无聊苦闷，身边需要女友；9. 我没失去什么，只是对男人的失望和信任；10. 我不恨他；11. 但我又确实很恨他；12. 我想报复他，首先就要过得比他好。

最后的结论是：我要好！

大概从那时起，我就对自己说：如果有男生追我，我就让他爱上我，然后彻底地抛弃他，我要玩弄男生于股掌之上，我要报复！！报复天下所有的男人！事实是我一个都没报复过，这一点，大概是我的良心在作怪，我没有那种邪恶的灵魂，因为我知道最痛的伤害不是肉体上的，而是情感上的。

班里有个会画画的男生，送给我一本他自己写的诗，上面的插图全是我。他画得很用心，看得出他很喜欢我。可是，我的心此时是一点涟漪都没有了，平静看画。好像画上那个人不是我，而是另外一个什么人。很快就是我的生日了，18岁的生日。那晚的星星特别多，我好像在等什么，又好像在期盼什么，直到家里的电话响了起来，我知道我在等我的"初恋"的电话！我拿起了话筒，耳边传来班主任的声音："小雨，来学校吧，大家在等你。"

那晚，班里的同学给我过了 18 岁生日，突然发现世界上有比脆弱的爱情更让我感动的东西：友情。我对生活再次鼓足了勇气，但是我的意识中有一个念头已经潜伏了下来：报复让我受伤害的那个男生！

# 27. 拒绝

不知大家看过《我的色同学》没有，我生命中给我以理解的喜剧性的男孩——阿牛，在我的生活中出现了。阿牛对班里的女孩都要试探性地追一遍的，当然我也会被骚扰，不同的是阿牛对我似乎更像是对朋友的玩笑。自然是拒绝他，而且不留任何情面，我知道他不会在乎。

复读的最后近 4 个月，经常和阿牛在一起聊天，甚至提到了我的爸爸妈妈，就是没提自己的初恋，因为觉得那是一件很伤心和没面子的事情。阿牛总是笑我太善良，要是他早就离家出走，早就在社会上打架斗殴连连闯祸了。我只能苦笑，深感自己的无能，又或者内心有一种愿望：让家里的人对我好起来，我可以为此不断努力。

高三复读班的日子并不好过，我们被称之为高四生，言者语气中充满了不屑。而我们只是学习，大家的神经都是紧绷的。班里我和阿牛经常给大家带来欢乐，我从来不把家里的不愉快带到学校来，很少有人知道我在家是不开心的，很多人都认为我在家应该像个千金小姐似的备受父母宠爱。

快要考试了，阿牛进行了秘密的第二次追求，这次大家都不知道，而我知道他是认真的。我没有接受，是因为我发现我的心里——该死的——还有那个人的影子，这个影子让我的心装不下任何人。也许我分不清自己是爱他还是恨他，总

之就是接受不了别人。阿牛也很伤心，他的本意是能照顾我，两个人同甘共苦，一起考到一个学校。

我决定考到南方的学校，考试结束，我考上了。

后面的故事离大家就很近了，不同的是，我的生活方式、我的个性，我的不羁都让身边的人头疼。

# 28. 峰回

终于进了大学，带着我两个包裹，一个人去了千里之外的学校。记得那天很热，所有人在我旁边走来走去，我穿着牛仔裤，蓝灰色的T恤，长发用白色的丝帕扎着。一脸的无助和茫然。好不容易找到自己的院系报名处。对他们说："我没带学费，我能上学吗？"对方有些吃惊，还好，院长正好在那儿检查报名情况，他让一个学长替我安排了宿舍。我很感激，就说："我一年后一定交齐学费！"

以下的日子，我就在一个完全陌生的城市寻找工作，每天跑来跑去的，整个人瘦了一大圈，却是毫无门路，因为没有经验，才大一啊！好在一个学长把他的一个家教让给了我，还介绍我去一家公司做礼仪小姐。这样算起来，只够我的生活费，并不能解决所有问题。但是第一步问题已经解决了，下面就是赚学费了。

有人曾经问过这样的问题：如果再给你一个4年，你会选择人生的哪一个阶段？很多人回答：大学！若这个问题让我来回答，我就说我再也不进大学了。大学的辛苦、大学所受的屈辱就像一场醒不来的梦，现在还时时梦到自己为了打工不迟到拼了命地骑车。大一开始，我就跑遍了城市角角落落，推销、家教、服务生、文员、调查员等等都是我尝试过的工作。同学们有时候就怀疑我天天出去不做好事，有的人还怀疑我是个大学生鸡。好在我对他们的说法向来不在乎，只做我自己，就这样每个月我终于有了近两千元的收入！

# 29. 阿牛

那时，我自己赚的工资足可以交学费，也足够自己生活费了，就把一些余钱存了起来。那时的阿牛在大学里也是拼命地打工，但不知为何他赚的好像都不够自己用的，后来我才知道，他父母的病恶化了，急需要钱，而他弟弟妹妹的学费也没有着落。我就把自己存的2000元给他寄了过去，虽然知道是杯水车薪，但这是我所有的家当。

阿牛终于抵不住压力要退学了，这是我所不愿见的，在学业上他一直是我的榜样，我想帮他。就拼命给他打电话，劝他不要傻。可是他似乎去意已决，不听我的劝告。万般无奈之下，我选择北上面劝。千里迢迢的火车旅途，一番苦口婆心，阿牛终于同意继续学业。我没做任何休息又往学校赶，谁知等待我的却是退学的处分！

下面的事情，大家都知道了，阿牛一个劲儿地帮我求院长，院长受了感动给了我个严重处分。一时之间，班里院里那些平时就喜欢嚼舌根的女生，在茶余饭后都把我当成了笑料。原来她们认为我是去看男朋友才逃课被学校抓住的，她们一直觉得我有问题，这次似乎更证实了她们的想法，一有机会就冲着我指指点点。我也不屑给她们解释，还是每天忙忙碌碌的，终于有个女生不知死活地惹上了我，大家才知道我的性格中的某些南方女孩没有的元素……

# 30. 暴戾

不知是我的运气不好还是太好，一进大学的第一个月就有个男生给我写了长长的情书，言语温存。记得那个男生黄黄的头发，长长的腿，其他的可能就是他的声音最让我有印象，听起来特别像给唐老鸭配音的李阳的声音。总之，不管如何我拒绝了，初恋的男生的那种不负责任的分手让我对男生充满了不信任。记得和他谈了几句话，无非就是学习之类的借口，他好像还信誓旦旦地说："追不到你，我大学不谈恋爱！！"

结果，在说这句话的第3天他就给我宿舍的平平写了热情洋溢的情书，第6天他俩就手牵手在校园里浪漫了；平平还用一种复杂的眼光看我，仿佛是种挑衅，也仿佛是一种自卑。总之让我觉得女人就是很麻烦的动物，我试图分析过，但是每每都觉得无聊。也许就是黄头发的第一封情书写给了我的缘故，平平对我充满了戒备和仇意，这一点在以后的日子里我深深地体会到了。

大学的宿舍4人一间，有电视、电话、单独的洗手间，还有热水器、空调，每个人两个壁橱、一个组合书桌，条件算是相当小资了。平平住我的上床，每天晚上开夜谈会我总是沉默的，不知该和大家说什么。平平就喜欢说一些讽刺挖苦的话，尤其是对我，她就喜欢和我们讲她和黄头发的亲热镜头，什么牵手、拥抱、接吻之类的，还大谈特谈当时的感觉。宿舍里的其他两个人都在意犹未尽地笑，也许是没谈过恋爱的缘故，我听得出她们是兴奋的、欢喜的，对这种话题很感兴趣。

平平开始问我："你说是男上女下舒服，还是女上男下舒服？"

我没说话。

平平不甘心："你不说就说明你觉得都不错，对不对？你和几个人有过？给我们介绍介绍吧！不要说你没有过呀，哈哈哈哈……"

我忍不住了，蹭地从床上窜了下来，又蹭地窜到了上床，掐住平平的脖子恶狠狠地说："你找死!!"

平平没想到我会动手，因为南方人的习惯是对骂半天喝口水继续，很少动手。我的举动吓坏了她，也吓坏了其他两个人。我狠狠地掐住她的脖子，抵在墙上，就对她说："你再说一句看看，你信不信我把你从窗户扔出去?！啊！你再说一句!"

平平没命地哭了起来，大喊救命……

# 31.  对抗

平平的哭声吓坏了其他两位舍友，她们也不敢来拉开我，就跑到走廊里大喊："救命啊救命啊，小雨要杀人啦!!!"整栋楼的人全醒了，一阵骚动后，我们班的班长和团支书最先冲进了宿舍。看见了我发红的双眼，和平平发抖的没穿衣服的身体。也许就是这样，他们一致在班主任面前指控我的暴戾。

那夜，大家都没睡，平平被转移到了其他宿舍，班长和团支书就来和我谈。我一句话没说，我实在不想重复要打平平的原因，这时宿舍的两个舍友也是沉默的，估计也是害羞没说，只是一个劲儿地替我说不是我的错，是平平说话太过分。

第二天我就被班主任和院长请到了办公室，自然是一顿臭批，说我动手打人这在学校女生里从未有过。还说我给其他人造成了非常不好的影响，问我愿意不愿意再上学了，不愿意就卷起铺盖卷滚蛋！这类的话，大概说了快一个钟头。我像一个犯人被审讯一样，对面坐着 9 位老师，每个人 20 分钟左右的批判。没人问起我为什么要打平平，更没人去听听我的两位舍友的替我的辩解（自然不会说原因的那种）。

我的忍耐力大概要崩溃了，我腾地站了起来，直视着所有的人："你们骂完了吗?!"

大家非常惊讶，一时之间不知该说些什么，最惨的是，此时的院长正在作总结性陈词，被我一问，一句话噎在喉咙里冲得喉节滚来滚去，很是痛苦。班主任很生气："没骂完！你反了！"

我说："没骂完继续，恕不奉陪！"说完这句话，我就头也不回地离开了办公室，身后像炸开了锅，就听院长喘大气的声音，和其他院领导纷纷指责班主任教导无方。我知道这一走可能就和学校无缘了，但是让我回去道歉是绝不可能的，我的尊严还不至于低到如此地步。后来? 后来的事情就在下一节说吧！

# 32. 误解

从院长办公室回来，我就坐在床上等平平回来，等了半天平平怯怯地回来了，一见我就吓得不得了，拼命地说对不起。我让她去向班主任解释我为什么打她，她也去了，估计真的被我吓着了。

当然，我没被怎样，但是我的暴戾成了班里同学怕我的最重要的原因，就因为这一点，直到大学毕业都没有人敢追我了。我的沉默寡言已经被大家所接受，只是令大家奇怪的是，我这个人非常喜欢编一些小品相声段子，而且一到舞台上我就生龙活虎，看不出一点内向来。大家肯定奇怪，小品相声谁陪你演? 是呀，大家都把我当成怪物。为了找到合适的合作者，我细细地观察了我们班的每个人，觉得这个人的性格肯定适合。找到目标立时出击，和她（他）谈，好在在我的威逼利诱之下他们 3 个人都同意了，愿意长期演我的段子。

我开始了频繁的"创作"（自夸之辞），大家的积极性也被我调动起来了，第一次新生才艺表演会上我们登上了舞台。那天我们的小品让大家笑得从凳子上摔了下来，为了那个小品，我女扮男装，剪掉了长及腰部的头发，留了个小平头，还在额门上留了一缕倒三角头发，看上去特别滑稽。

也许从那天开始，大家才发现我的长处，所以只要是院里学校里的晚会我是必上的，不知编了多少小品相声。同学渐渐忘记了我的暴戾了，觉得我是个说不清楚的人，难以用好坏来评价的人。我渐渐有了朋友，渐渐地大家了解了我一些，只是男生还不敢和我讲话。据说我们班男生私下里打了赌：谁要是敢陪小雨看场电影，其他人就连请他一个月的 6 元套餐。结果还是没人应征。

应隔壁学校老乡的邀请，第一次去她们学校舞厅。其实我不会跳舞，因为我们学校扫舞盲时没有男生敢请我。我对舞厅也是好奇的，就随了老乡去了，老乡号称她们学校的舞后，请了 4 个男生教我跳舞。可是我一看到男生站的距离与我少于 50 公分就紧张得喘不过气来，只要对方拖住我的手，我就全身发抖，手心一个劲儿地冒汗。他们没办法就放了块手帕在我的手中，结果，四步学会了，手帕都能拧下水来。

# 33. 刻画

就在所有的男生都教我跳过之后，当晚的游戏时间开始了，就是一个很无聊的游戏，谁能在 1 分钟内连续不停说 10 个以一字开头的四字成语，谁就是当晚的王子/公主，谁就可以获得神秘礼物。我和老乡坐在那儿聊天，看着别人上去又下来，好像都没有成功。这时我的老乡，突然举手，主持人向

这边看来，一束灯光投了过来。老乡突然站起，指着我："我推荐我的好朋友挑战!!"结果我被大家哄了上去，好在没丢老乡的面子，一口气过关了。

我得到了当天晚上的公主桂冠（其实是纸做的），也得到了神秘礼物，竟然是一个高挑帅气的小伙子!!!! 我晕！那晚，剩下的时间那个帅哥一直在教我跳舞。我学会了又没学会。他带着我跳转三时，我都感觉自己要飞起来了，那时我才知道和一个很会跳舞的男生在一块跳舞是种享受。

很快到了 10 点，舞会很快就要结束了，当时的感觉就像是灰姑娘要到了 12 点。其实不想走，因为浪漫的舞会，也因为浪漫的相遇。感觉很奇怪，觉得他是个精灵一样的人物，不说话只是跳舞。舞会结束时，我从主持人的口中得知陪我跳舞的男孩子是个法学系 2 年级的学生。当时我随人流出了舞厅，心里还在飘荡，头晕晕的。那个男孩子从后面追上了我，问我是哪个学校的，我撒了慌说自己是杭州的到这边来玩。我不知自己为什么要撒谎，我就撒了，他要我的电话，我忙说对不起，就随老乡走了。

其实我很想把电话给他，但是我还是没有，说不清楚，也许是对男孩子的不信任。但是一直到现在我还会偶尔想起那个夜晚，想起那个陪我跳了一个夜晚舞的帅气的男生，我还记得他长的样子，只是知道这辈子我都不可能再见到他了，我根本不知道他叫什么名字。这种感觉很奇妙，他的样子连同那个晚上的浪漫都刻画在我的内心，当自己感到无聊时可以拿出来细细地品。

# 34. 外企

有一天看报纸上的某世界 500 强公司在招聘，我斗胆打了一个电话过去，幸运的是对方同意我参加面试！我特别高兴，就央求同寝的姐妹帮我化妆去面试，大家一堆人围着我东一句西一句的，不过还是为我高兴。大家都说是不可能应聘上的，但是可以去见识见识他们怎么面试。怀着忐忑的心情去面试，发现应聘这个职务的人足足有40多人。我糊里糊涂地面了试，糊里糊涂地回了学校。一个星期之后接到复试通知，又糊里糊涂地去面试。复试的场面不大但是更严肃，4个人去复试，大家都很紧张。

一个老外是负责的，他们都喊他John，我也喊"嚼恩"。

后来我被选中了。其实面试那天是我第一次化妆，第一次发现原来自己也很美。但是比起身边的那些有工作经验的美女们，我无疑又是个丑小鸭。当我接到自己被录取的消息时，我最想知道的是为什么我会被录取。我问了问嚼恩，嚼恩给我的答案是："看上去你很好管理。"就是这样一个原因，很简单！

我是先从踩点员做起的，也就是大家所说的社会调查。每天工作4个小时，工作地点是这个城市的有名的超市、商场和宾馆。工作的大致内容就是：拿着一张统计表，在4个小时内不停地统计来往客人的人数、男女比例、年龄结构及比例、购买公司产品人数的比例、男女构成、年龄结构比例，当天这个点的销售情况、销售人员的服务状况等等。然后再用半个小时写出一份今天的调查统计报告。4个小时的报酬是80块钱。

我们总共有4个踩点员，每两个星期就会互换一个区。我负责的区是市内最繁华的，也是超市、商场、酒店最多的，一周之内我要把这个区的所有代理点全部走一遍。没有自行车，有了自行车也没用，区太大，只能坐公交车。那时候，我上完

了课就拿着地图到处找我的目标地点，然后就是不停地数人数。接着就是和代理点的代理总结一天的销售情况，存在的问题和原因，最后我要写出今天的总结报告，赶到公司上交。

我没有完全按照公司的要求来做，我一天跑了不只一个点，我在一个星期之内跑完了两个星期的任务，然后把我负责的区进行了划分。后面的一个星期我选择了人流量不是很多的目标地点和销售量不多的代理点，仔细观察，认真分析，包括路面的情况、泊车位的服务态度都考虑在里面。我写出了一份对这个区整体销售情况的分析报告，还针对存在的问题，提出了自己的解决方案。

我的方案交上去的第 2 天，就接到了公司主管的电话，他让我尽快赶到公司。没想到在公司里等我的竟是所有的主管和老嚼恩。我第一次被叫进会议室。会议室真大啊！我有些怯怯地坐了下来，不知道他们为何要那么多人同时见我，心里转出了几十个可能，有好的有坏的。主管很郑重地介绍了一下我，其他人看着我，面带微笑，老嚼恩的笑容更是慈祥。主管继续说话，我就听到了第一句："鉴于你在工作中认真、努力，很有主见，有发现问题、解决问题的能力……"

等我反应过来的时候，老嚼恩已经拍着我的肩，说了句："你很好！"看来我好像是升职了。我真的升到了文秘的位置，顶掉了原来看见我就鼻孔朝天的那个文秘。不知道她现在看见我还会不会向我展示她那圆乎乎的鼻孔。无所谓了，就在我进公司的第一个月我升到了文秘，直接听命于总经理。我回到学校，告诉了好朋友娟，她说我走了狗屎运，我想也是吧。总经理说我可以平时上课，只要有时间就过去，好在我的课不是很多。碰到不喜欢的课就不去了，赖在公司学东西。第一个月给我发了 2200 元。接下来的工作比较顺利，一下子我离开了平时的窘迫，有了自己的较大笔的储蓄。我的空余时间都在公司，就这样很快3个月过去了，我存了5000元。

# 35. 书屋

可能我从来没想过，自己会在大学做生意。可是这一年我开始了自己的经商生涯，苦苦甜甜……

有一天我们在宿舍聊天，觉得学校的娱乐设施太少，连租本书都要跑到校外，麻烦。我突然生出了个念头：开间书屋！

我向公司告了假，抽出一个周六去考察书市情况，大概知道了进书的渠道。下午回来就跑到学校看看能开在哪儿。第二天照常去公司上班，周一的时候我向学校的学生工作处打了申请报告，申请开一个书店，条件是学校提供地址，我出钱，我为学校解决两个贫困生的就业问题，并上缴利润的30%。学校在第2天就研究通过！！

一周后，我的书店开起来了，记得所有同学的嘴巴都张得大大的，因为我给书店起名叫"第四点"！很容易联想到三点是不是？我钻了这个空子，很容易记住，要是大家问起来，我就说是枯燥的三点一线学习生活的一点儿调剂，所以叫第四点。

书屋在进行准备的时候，我就已经找到了学校的一个广告策划工作室，让他们进行书屋的宣传策划。我要他们给我画几幅有意境的宣传画，他们开价100元/张，我接受了。学校里第一次张贴那么有文化气息的商业宣传画，所有人的目光全部被吸引住了，那时候学校里的热门话题就是书吧。

除了书吧的事情，我还乱其八糟地同时做了很多事情。最开心的就是和几个同学一起组成长期的合作关系：我写段子，他们演出。恰逢学校在组织相声小品大赛，我搞笑的欲望就被呼唤了起来。决定改编一本名著，搬上舞台。我选择糟蹋《红楼梦》，因为我最不喜欢里面乱七八糟的男女之情，所以我赋予了主人公新的个性。我们决定自己设计服装，于是牙膏盒、衣架、洗漱盒、被单，通通被我们利用了起来。于是一出幽默搞笑的改编小品《两玉新情缘》诞生了，最滑稽的莫过于主人公们的衣裳，最爆料的莫过于我们自创的搞怪背景音乐。

演出非常的成功，这让大家对我报之以佩服的眼光。于是在学校的大小晚会、学院的大小聚会我都被大家逼着写个段子。仿佛我与幽默从此结下了不解之缘。

我就像一个跳蚤，在这里汲取一点营养，马上跳到另外一个圈子。我和身边的学弟学妹们相处融洽，在书吧和小品间游走，每一天都很充实。

## 36. 情感

书吧的生意惊人地好，可能是大家的娱乐太少了，也可能是我进的书太好了，又或者是书吧里的朋友大都是各院的院花。总之来的人很多，大家来书吧倒不一定是为了看书，交友聊天的成分也很多，好在书吧有这项业务。有人、有茶、有书、有音乐，这里成了很多学生排遣苦闷和寂寞的好去处。

可能最让我高兴的是，书吧里成立了漫画社和海报社，大家在一起讨论如何创作。很多美女画手，呵呵呵，所以学校里的帅哥也都慕名而来。阿青是这其中的一名自称帅哥的人，其实我们实在不觉得他帅，但他自称自己曾经被许多女孩子追过，我们也无从考证。

阿青是个开朗的男孩，他喜欢上了海报社的头牌画手，问题是这个头牌画手的男友是阿青的哥们。阿青的痛苦啊我们都感觉得到，可是谁都帮不了，作为大姐我就被他拉着诉苦，那时候我终于知道原来感情的两面性居然这么强！阿青的表现让我知道男生也很脆弱，我开始反思自己对初恋男生的恨还有没有必要。那段时间，我才开始自己生命中的对自己过往的第一次反思，我开始审视自己。我努力地想看到自己的灵魂深处，努力想忘记所有的仇恨，我努力地调解自己和爸爸的矛盾。让人伤心的是，我的努力总会被爸爸的粗暴和蛮不讲理抵消得无影无踪。

阿青痛苦的时候背着学校偷偷把自己灌醉，我看了实在于心不忍，大骂他的同时又有些同情。于是一天晚上，我和他打了个赌，我俩一起喝酒，他先倒下以后就好好活着，不许再提失恋，如果我先倒下，我就天天听他啰嗦。那晚我们买了两瓶白酒两瓶啤酒，一人一半，我一口气喝下了6两白酒一瓶啤酒，阿青喝了半斤白酒就醉了。把他送回宿舍，我才哇哇吐起来，从那以后，阿青再也不提失恋，我知道自己的酒没有白喝……

我没和其他的高中的同学说起我现在的生活。在我看来，我们似乎过早地进入了社会化阶段，有酒，有情，有咖啡，有奶茶，甚至是有了泡吧的感觉。那时候有的同学评价我和书吧的生活是堕落的，我却觉得他们的生活更糜烂。至少我们这群年轻人有自己的爱好，并且为了这些爱好聚集在一起努力。我有温馨的友情，这是我最看重的。

# 37. 套子

阿青终于肯再去谈一次恋爱了，他认识了一个别的学校的女孩，两个人迅速坠入了情网。书屋的兄弟姐妹们很是为

他高兴，就鼓励阿青经常去看她。阿青就这样幸福地约会，幸福地牵挂，我们也在幸福地观望。

有一天晚上，阿青隔壁宿舍的一个学弟打电话过来找我，说阿青出事了！我一看表，夜里12：35分，急急忙忙穿衣服起来央求宿管阿姨给我开门。阿姨不放心我出去，我急得不行，好在素来和阿姨关系较好，阿姨就陪着我去了阿青的宿舍楼。阿青的宿舍楼是全校最好的，每年的住宿费6000元，类似于宾馆的条件，衣服都可以有人洗，门管倒是不严，很容易进去。我和阿姨就一直往里冲，我就知道阿青住一楼，具体哪个房间不知道。但是那天，我一进楼道就知道阿青是哪个房间了，因为他的房间门口站满了保安。

我进去就发现一个小女孩跪在保安主管的面前苦苦哀求，她就是阿青的女朋友。原来那天晚上阿青突然发高烧，他就打电话给女朋友，女孩担心阿青，就打车来了，进了阿青的宿舍照顾他。很晚了，阿青不放心她回去，就留她下来。本想放在我的宿舍，无奈我的宿舍管理特别严，招待所那段时间又不让住宿，可能在调整什么管理，所以就偷偷留在了宿舍。以前他们从来不夜检，不知那天怎么了，保卫处处长亲自带人夜检，结果就查到阿青私留女生住宿。

据说，保安叫开门时，女孩就躲到了柜子里，可还是被发现了，就冲这一点，阿青认定有人告密。倒霉的是，保安在阿青的床下发现了一个安全套，就一口认定他们发生了关系，要全校公告，开除阿青！女孩就跪下来求处长和保安组长，解释他们真的没有发生关系。那晚，我也说得口干舌燥，鼓动阿青宿舍的几个男生帮阿青作证，证明阿青把自己的床让了出来给了女孩，自己则和另一个男生挤在一张床上（事实真的如此）。至于那个套子，阿青对我说不是他的，我也相信不是他的，而是有人故意这样做。

后来，在大家的求情下，处长终于决定不申请开除阿青，而只给了个通告批评，其实这都是阿青女朋友的苦苦哀求的结果。事后，阿青一直在查那个告密和往他床下塞套子的人，原来是他的一个舍友。这个舍友的为人大家都知道了，所以再也没人理他。而从这件事情上，我也知道了，很多看似不可能的事情，只要你努力争取，就有可能做成，这个念头让我以后做了一件别人想都不敢想的事情……

# 38. 排球

此时的我终于发现自己喜欢的一项运动了，那就是排球。大概是从大一开始我就天天去打，到了现在都没停过。我是院里的主力，每天早上 5 点就和队友一起锻炼，晚上的时间也大都用在了这上面。书屋的事情放心地交给了那两个同学，我每天就是打球训练。

在院系排球赛中，我们队得了第一名。于是，校队决定在我们中间选两个人，幸运地被选中，我特别高兴。可是一到训练场上，就发现自己是全队最矮的，好在自己的排球基础还比较扎实。最感无力的是，别人都能轻轻松松地扣球吊球，我却要拼命跳啊跳的。教练看我接发球比较好，反映比较快，就让我拼命练接发球。最搞笑的是由于我是业余的，和那些专业球员打起来，总是不讲章法。

大概站位这一点我就没做好，老是喜欢跟球跑。也不管对方的球来得凶不凶，我都敢接，好像自虐似地发球。教练说我和球有仇，让我不要那么使蛮力。于是我就练成了我的必杀技：温柔一刀！看似温柔，一接就飞。哈哈哈哈，至少队里没人接得住，我得意地笑得意地笑。

在队里的日子我和队友的感情不错，大家经常一起去学校的茶舍喝茶。在那里我认识了阿媛，一个 182 公分的运动员，小小的眼睛，大大的手，长长的脚。她最喜欢的人是刘川枫，最讨厌的食物是辣椒。她最擅长的是扣球，也是我所欠缺的，呜呜呜。在队里我们经常和教练讨价还价，比如休息时间，我们俩经常比别人多休息半天，找的借口居然是来例假。后来，教练就问："按照我的计算，你们来例假的次数证明你们的年龄应该是 30 岁了！！"倒！再也不敢用这个理由了！以后改成了拉肚子。

# 39. 通宵

班里的秦大哥想追班里的宝宝姑娘，无奈宝宝姑娘太害羞，还很有个性。秦大哥不知该用什么办法引起宝宝的注意，就来问我。我告诉他：宝宝喜欢有同情心的男生。秦大哥高兴坏了，回去想了好几天。有一天他很兴奋地来找我："小雨，我已经是个很有爱心的男生了，我现在就去追宝宝，你帮我把这个给她。"我一看是无偿献血的纪念章，原来秦大哥说的爱心就是献血了，不知道这个奇怪的东东会不会成为他俩的约会信物，暂且一试了。我把纪念章给宝宝的时候，宝宝的表情很不平静。我知道自己是遇上了两个怪人：喜欢无偿献血。我又"顺便"约了宝宝去东门外的情人桥上见面，那可是秦大哥想了好久的地方。

宝宝很乖，那天很准时，还提前了 5 分钟，害得我和秦大哥还迟到了。那天我的原意是不去的，可是他们双方都强烈要求让我当电灯，好人做到底，去了。我提议去看通宵电影，为了让他俩多相处一些时间，很快我就为自己的馊主意后悔，一个劲儿地想抽自己的嘴巴子。那天放的是恐怖电影，而我又一个人坐在旮旯里（躲他们远远的），那个害怕呀。电影放完了，他俩就手拉着手，而我睁着两只熊猫眼一脸的惊吓过度。发誓自己这辈子再也不做电灯泡了，没料想，第二天又被他们拉去了！！还有这种人，喜欢约会带着个电灯，还是1000瓦的！这两个人看恐怖电影上瘾了！呜呜呜呜，我的通宵电影啊，竟然不是和自己心爱的人一起看的，而是一个人躲在角落里，紧张害怕地看完了整场。所以从那以后，一看到校园里有人发有关通宵的传单我就直哆嗦。

# 40. 乐园

这件事情还是和秦大哥、宝宝有关。他们喜欢周末的时候去乐园玩，门票80元，那叫一个贵啊。所以他们从来不买票，要从自己开辟的秘密小路上去。说实话，我被他们拉去继续当电灯，是因为我太想知道那条小路是啥样子。

一个星期六的上午，好像还下着如蚕丝般的小雨。我们啥都没带（包括钱）就骑着自行车出发了。最让我生气的是，秦大哥还带了个男生，说是陪我玩的。一路无事。到了乐园的背面，开始找进去的路。这个乐园是依山而建的，很高的山，我们想要上去的路其实是很陡峭的山路，久已无人行走，不仔细看，还以为就是一片乱树林。上了山路，很滑，那个男生想要扶着我，可惜自己一紧张就滑倒了，呵呵，还是我和秦大哥扶他起来的，他好没面子。爬到半山腰的时候，发现我们根本就进不了乐园。因为一堵很高的钢丝网和一堵很高的石墙拦在我们面前。宝宝打了退堂鼓，我却很兴奋，一直坚持要爬过去。结果我们就爬了，还真的爬了过去，可惜的是，在爬墙的过程中我的裤子被挂坏了。我就一手捂着屁股，一手爬了下来。宝宝在后面偷偷地笑，我就很窘迫地把手放来放去。

82

进了乐园，宝宝说：你裤子坏了那么个大洞，一玩就让别人看见了，你还是在板凳上等我们吧。我的那个不情愿啊，可是实在没办法，就在板凳上休息。等了不到 1 个小时我就按捺不住了，碰巧看到一个人上厕所顺手把一件白衬衫搭在凳子上。我就琢磨借用一下，等啊等啊，那个人出来了，却忘了取衬衫。呵呵，我就拿着衬衫遮着 pp 去玩了。疯了一会，就又回来坐在凳子上，发现那个人回来找衬衫，我就老老实实告诉他我是借去遮 pp 了。谁知他不但不生气，还说我诚实，非得拉我去吃了顿中饭。秦大哥宝宝找了好久才找到我，他们以为我被乐园的保安扣了或者被拐了。知道我美美地吃了顿中饭都要气死了！呵呵，没想到我的第一次逃票竟也如此不平常。

# 41. 报告

那段时间感觉天特别蓝，所有人都是红色的，所有的事情都是绿色的，最喜欢的事情是晚上打着电瓶灯猫在被窝里写日记。对面床上的磨牙声、下床的呼噜声、对面下床的梦话声伴着我的思路在纸上流畅地行走。那时我经常对她们说：打呼噜、磨牙、梦话一个都不能少（我一直觉得呼机手机商务通一个都不能少的广告是向我学的）。

上课的时候我也经常写东西，就是写一些自己都不知道的语句，比如：回首过处，天涯孤旅！再比如：聚不易，散不易，君且要珍惜。还很变态地用很香的卡纸一片一片地保留，呵呵，同学说我到了思春的年岁。我经常上课迟到，就这一点，班长警告我很多次了，可从来不管用。而且我还大张旗鼓地在门外喊报告，老师经常为我的勇气所折服。据说，绝大多数的学生是偷偷从后门溜进来的，其实我很想告诉老师那时我也想从后门溜进去的，可是不知哪个该死的，一等到我想溜的时候，他就把后门插上了！！有一次上午上课课间，我出去到 1 号，回来的时候又迟到了。

我正在犹豫进还是不进的时候，班主任来检查，发现我站在门口，以为是我上课捣乱被老师罚了出来。就噼里啪啦大骂一通，教室里的老师听见了就冲着我们喊："和小雨！你进来，盖厕所都盖完了！"我习惯性地喊："140 号和小雨因为上厕所迟到报告，请求进教室！"（我们班都得这么喊报告的，所以很多人宁愿不吃饭，也不愿迟到）

# 42. 帮一

那时宿舍的卫生检查特别严，一天三遍，早上上早操前 5:30 查一次，中午上课前 1:10 查一次，晚上 10:30 之后抽查一次。所以我们最头疼的就是卫生检查，要记入个人的品行评比和奖学金评比，还有文明班级评比。女生倒还好，男生就痛苦了，每天怨声载道的。班主任就决定男生和一些个人卫生习惯较好的女生组成一帮一对子，改正他们的坏毛病。不幸的是我被抽中了，因为大家谁也不愿去帮男生，就抽签决定，我就抽中了。

第一次进男生宿舍还是在大一的时候，好像是找人。这次去男生宿舍是去做苦力的，和我搭队的是阿成。最讨厌的就是他，因为他老喜欢在女生面前跳来跳去，搔首弄姿的。到了他的宿舍一看就像是猪窝，他还说是特意收拾了，我看是特意搞乱了让我收拾！宿舍的其他男生一付"就这样了，你要怎样就怎样"的眼神看着我，我没辙，只好投入紧张、复杂的劳动中。先教他们如何铺床、叠被，再教他们如何收拾衣服，最后教洗衣服。

阿成学得最卖力，因为他什么都不会。我一边看他洗袜子一边直晕，这哪是袜子，明明是在臭水沟里泡了几十载的破布！阿成一副幸福的样子，还不停地和我讲话，说是小时候经常半年洗一次澡。当时我要有剑肯定一下刺穿他的喉咙，他的邋遢故事讲得我直想哭。从男生宿舍回来，女生们叽叽喳喳地讨论心得，问到我时，我差点要掐死她们。后来，我一见阿成就想到臭袜子，他一靠近我，我就仿佛看见一只大臭袜子杵在我面前。

后来，我就送了阿成几双袜子，让他把他那些洗也洗不干净的袜子丢了。可是我一直都没看到他穿，听他们宿舍的人说，阿成没舍得穿，还整晚抱着袜子睡觉，做梦都喊着我的名字。吓得我再也不敢乱送男生东西了。阿成通过了个人卫生检查，很高兴地来感谢我，还送了我一件 T 恤。当时挺不好意思的，一直没穿，阿成见我就问："你怎么不穿？"弄得大家都认为我俩有什么。

# 43. 搬家

我们终于要从新校区搬到老校区了，大家开心极了。因为老校区有很多吸引我们的地方：

一、风景秀美，典型的南方古典建筑；

二、校规不严，宿舍晚上通宵不熄灯；

三、位置极好，在众多理科大学的包围中；

四、我们都想去一个不受太多约束的地方。

鉴于以上几点，我们的心都飞到了老校区。

因为老校区的实际情况，我的书吧不能搬过去了。并且大三的学习变得很紧张，公司那边的事情也是越来越多，我决定放弃继续开书吧。在最后几天我打听有没有人接手书吧，结果是他们都没有资金接下，学校的意思是收购我的书吧，但是给的价格太低。我决定出去寻找买家，正巧有一个人要在学校附近开一家书店。经过几分钟的商量，他决定买下我所有的书，以我的进价。

其实本金早就收回了，如果以进价卖掉这些书我得到的仍是净赚。这个结果还是很令我满意的，惟一不舍的就是依附在书店下的海报社和漫画社，好在他们也已经成熟起来，不用我太担心。我要走的时候，他们已经分别接了一个单子和举办了一次漫画展。对于我这个漫画迷来讲，他们的每一次创作都令我兴奋。

搬家的那天晚上，大家都睡不着，都想着进军老校区要做的第一件事情。别人的我没认真听，上床球球的我听得很清楚：去了老校区，我要在周围的理科学校里每校找一个男朋友。我们都说这孩子典型的缺少男友狂躁症。两个学弟一夜都没睡，就等着一大清早帮我搬家。我们坐在宿舍楼下的凉亭里畅谈了一夜。终于到了老校区，结果大家第一天就被一个帅哥镇住了，再看我们班的男生，不禁感慨：为啥文科学校和理科学校的男生差距那么大呢？为啥文科学校和理科学校的女生待遇差距那么大呢？

以后的日子里，我的眼睛经常被帅哥点燃哪，但是不幸的是从来没有帅哥的眼睛被俺点燃，俺的大学生活仍然是一个人的孤独。看着我们班几个女孩子经常花枝招展地出去约会，俺就想："为啥没有男生约俺呢？"后来才知道，他们在追一个女孩之前都会打听一下，我给大家的印象是孤僻还有些暴力。当时惟一的安慰就是我在外面的打工生活很丰富。

每每打工回来看到热男热女你拥我抱，我就想如果有男生愿意抱我，肯定也得 180 以上，不然抱不动阿！俺那时就

104斤了，胳膊上还有块肌肉呢！

# 44. 盗贼

我每天早晨起得都很早，尤其是周末的时候。因为周末有两个家教，还要赶去公司。有天早上我又是6点出发了，晚上9点回来的时候宿舍里每个人的脸都很沉重。原来是有个女孩的钱包不见了，大家都是怀疑的对象。我就建议那个女孩再找找，说不定掉在床下之类的，因为她以前就经常掉东西在床下。她不信，说自己应该不会再掉在床下了。我就说："你再找找，说不定找着了，就不用大家在这儿疑神疑鬼了。"她于是就找，果然在床下！

大家都很高兴，我也出去洗漱了。正洗着，宿舍的一个女孩跑来告诉我，宿舍正在议论我。我就往回走，站在门口。就听里面在议论："一定是她拿的，不然她怎么知道在床下？早上她第一个走，她走了你就发现钱包不见了，肯定是她。""她还装好人，让我找找床下，她以为自己是谁，又不是我朋友……"

我再也听不下去了，推门而入，他们都张口结舌，没说出的话堵在喉头，拦住了呼吸的空气，张着嘴大喘气。我走进去，冲着他们大喊一声："谁哪只眼看见我拿的钱包?!!"没人讲话，我抓住丢钱包的那个女孩，恶狠狠地瞪着她。她连忙说："是她们说的，不关我事。"那时我才知道，大家高兴的原因，竟是因为自己摆脱了嫌疑，而不是女孩找到了钱包！我暴怒，大吼一声，一脚踢在板凳上（铁腿木座），板凳被我踢的飞上了天花板并狠狠地撞了一下天花板，石灰撒了一地，板凳掉了下来，咚的一声撞在了地板上。楼下宿舍的人跑了上来，刚要指责我们宿舍，发现我的眼都红了，一声不吭地又回去了。

宿舍里的人一直不敢讲话，我不知道自己那时的表情，只知道后来宿舍里再也没丢过东西。毕业时，大家才告诉我，没人敢到我们宿舍偷东西，都怕不能活着出来。

# 45. DJ

大家逐渐适应了新环境，在老校区里确实非常的自由。大家都把自己被压抑的热情尽情挥洒了出来，出去打工的打工，泡吧的泡吧，蹦地的蹦地，溜冰的溜冰，跳舞的跳舞。总之，很多的业余生活，我还是打工一族。

那时最经常做的就是打开收音机，听里面的DJ说一种类似于脱口秀的节目。刚巧音乐电台在招募DJ，我就鼓动好朋友去面试。很意外的，她面试成功了，于是她就做了一个业余的DJ，每天晚上去录节目，只要我有时间就喜欢去凑热闹。坐在旁边无聊时就和他们的台长聊天，来了兴致就即兴写个段子。后来，好友终于坐上了那个电台的第二把交椅，呵呵，她的声音很温柔。我们还在一起参加了一个宴会，那晚好友终于向大家展示了她的一个深藏不露的手艺：芭蕾。其实我陪着她练了好久，偷偷地练，我真为她高兴。那晚好友是全场最美丽的女孩，赢得了最热烈的掌声。

好友成了学校里的名人，也成了最忙的人，很多大型的晚会都让她主持。记得那时我们所在的城市要举行一次大型的世界性的交流大会，好友就被选取了，还被评为最优秀服务标兵。可能那是我第一次和别人分享成功的快乐，竟然不亚于我自己成功的感觉。友情又一次向我证实了它的力量！

# 46. 好友

我的另一个好友是一个有名的艺术院校的学生。她学的是国画，兼修油画。她不是很漂亮，但是她的眼中有一种特别迷人的光彩，对了，就像是夜空的星星，神秘而飘忽。她到我们学校来找我时，竟迷倒了不少男生。要知道我们学校的男生向来是眼光很高，平时见的美女太多了。经常有人问我我的那个同学的电话，我都举着拳头警告他们。

我请好友给我画一张全裸的人物画，好友选择了油画。我在那段时间就经常去好友的画室，她把窗帘拉上，开了一盏柔和的灯。大概画了一个月才画好。我一直都没有拿去裱，一直都是藏在自己的箱子底。我对好友说：如果哪天我遇上了生命中的最爱，我就把画送给他。好友倒是支持，只是警告我不要太看重这张画，只是一张画而已。

后来好友开画展，去了德国，去了日本，总之她的画卖得不错，可是她却一点都不开心，我知道她不愿意把自己的画当成商品。可是她这行走的都是这样一条路，当我再遇到她时，她很憔悴。因为她认识了一个比自己大14岁的知名画家，并且有了他的孩子。可是她不能要这个孩子，因为她还是个学生。我气她的糊涂，可是我能做的就是陪她去做掉孩子。这可能是我一生中做的最残忍的事情，我怂恿了好友杀掉了一个生命。

好在那个男人知道这件事情后，跑过来照顾了好友一段时间，并帮着她在校外租了一套大房子，给她请了保姆。我有空时就去看望她，一直没和她的那个男友见面，总觉得男人在世界上为何是这样不痛不痒，受伤害的总是女人？

# 47. 笔友

大概是在大一时就认识了一个笔友，认识的原因就是我在一家杂志上发表了一篇文章，那一期他也发表了同样一个题目的文章。他觉得很好奇，就向编辑要了我的通信方式，给我写了一封信，就这样开始了长达好多年的通信联络。

笔友是个中缅边境的商人，做药材和玉石生意的。好像是有自己的药材厂和玉矿，笔友的爱好就是写一些东西偶尔发一发。这也是我的行事风格，写文章不是为了发表，而是为了发泄。笔友是个比较成功的商人，经常到处跑，可是却从来没有来过我的城市，我选择永不见面的方式来和这个近乎想像中的人物交流，也许这就是为什么至今我们仍然不停联系的重要原因。

前几天笔友结婚了，和一个自己不爱的姑娘，我不知道这是不是一种幸福。因为我知道他最爱的那个姑娘两年前癌症晚期去世了。他给我寄来了他的结婚照，我第一次见到我的笔友就是这张结婚照上的那个新郎。27 岁的他算是年轻有为了，他说他和现在的这个姑娘结婚的原因就是因为她善良。看来善良的姑娘总是特别受男人的喜欢。

我的生活似乎变得更加的简单了，因为身边的好友们都结婚了，看着我踌躇未决的样子，他们都在劝我。其实一直觉得自己还小，小得像个孩子，真不想长大呀！

# *48.* 文学

大家还记得把我甩了的那个我的初恋吗？我大一时，他在自己的学校创建了文学创作社，成为了他们学校校报的记者。那时他曾经给我写过信，要求我给他们学校的校报投稿，不知是因为对他的厌恶还是其他的，总之，从此以后我对校报充满了不屑。从来不往校报投稿，也从来不看校报，每每发下来一份校报我就垫桌子。

大二的时候，那个家伙又告诉我他当上了学校的团委副书记（应该是学校历年来惟一的一个学生担任），他还说，他又创建了登山队，还成功组织了中国大学生徒步边疆行活动。而且一向被我看不起的那个文学创作社也出了自己的书，并且成了他们学校的传统保留社团，有了自己的刊物。

到了此时我才明白，原来我和别人的差距竟是如此之大，我每天做的都是自己的事情，基本上没有和大家在一起做事情的经历。我是个人的，不是集体的。我就尝试着和同学们多在一起活动，但是我发现我想的事情和同学的已经完全脱离了，换句话讲就是我更加的社会化，更加的独立。不知道这对于我来说究竟是财富还是损失。

我写的东西开始怪异，经常幻想到自己是个某某人，做着某某事情。混沌了大概两个月，猛然地醒悟，每个人都有自己的定位，如果喜欢做个独立的人而不善于与人交往，那就做自己，不必羡慕别人的生活。开始对自己的写作产生了怀疑，索性烧了个精光，对自己说："从头再来！"

## *49.* 实习

转眼间，自己的大学生活就要结束了，被派去实习。去的是当地一所名校，实习的时候大家都憋足了劲，希望自己可以留在实习学校。那时我就从来不这样想，不是不可能，而是不愿意。当时就想："随便实习，不做老师进公司。"谁料想，事情哪能尽如人意啊！

进了实习学校，先是听了两个星期的指导老师的课，然后是两个星期的本科研究小组组长（当地学科带头人）的课。第2个月开始自己上课，首先就是写教案，带我们的导师是个50多岁的老教师，是市里的学科带头人，据说他讲课很牛，我却一直不以为然。我们小组的人埋头写教案，然后交流，最后拿给导师审阅，审阅通过才可以进课堂，每上一节课都是如此。于是我们就埋头写教案，写着写着大家就发现我的主意最多。后来就变成我一个人写，其他人等着我写，然后改改抄抄了事。

拿去给导师签字，其他人5分钟就出来，拿到了签字，我每次都要将近两个小时！！老师连标点符号的错误都指出，他喜欢让我先讲自己的设想，最后让我回去再改至少两遍，才签上她的名字让我进课堂。我的每节课她都听，常常是我正讲着她就打断，当着学生的面教训我。我那个委屈啊，同学们都觉得我很惨，肯定是得罪老师了，老师才报复我的。

一直过着这样压抑的日子，生病了，都不敢请假，没课的时候我还去班里盯着，我就成了实习班主任，实际上是我带的那个班的班主任太懒，把班里的事情全交给了我。可怜俺就一个人对付53个毛头小孩。这个班号称全校最烂班，烂在纪律而不是成绩。据说在我之前有3位实习老师被他们气得哭着跑出的教室。我记得刚进班里时他们就公然宣战："老师你准备好了吗？我们要向你挑战！"

# 50. 师生

其实我并不知道他们会怎样对待我，但是我却知道自己不会乖乖就范。

他们在我的课上先是讲话，后来就是下位，再后来就是打架。不过这种孩子就是三五个，其他的孩子还是很给我面子，据说是因为看着我很顺眼。我对他们都很好，尤其是那几个爱捣乱的，好到我都可以放弃自己的休息时间去他们家给他们补课。一开始是强迫的补，后来就是他们邀请我去了，他们的成绩上升得很快。我就是这样收编了他们，很健康的方式，学生家长学校都喜欢。

我的班纪律变好的原因还有一个，就是我把课上得特别有意思。我在课堂上教他们怎样表演、怎样生活、怎样系鞋带、怎样种花甚至是怎样面对自己有好感的异性。总之，我没有按照课本讲，而是按照他们的生活现状去讲。有的时候就听着他们的故事哭，有的时候看着他们自编自演的小品笑，我成了他们的姐姐，就是不像老师。那时我就知道，我不适合做老师，至少是学校容忍不了的。

检验实习的考试快到了，大家都很紧张，我的指导老师推荐我留校，我拒绝了。我那时开始和外企联系，准备做和自己专业无关的工作。检验实习的考试其实就是一堂课，指导老师推荐了我，我们班93人参加实习，我代表他们上一节全市公开课，也就是汇报课。我此时才知道指导老师对我是特别的好，可是我以前还老骂她老妖婆，自己真的很愧疚。

课上得很顺利，大家对我的评价都很高，我得了个优。同学们似乎刚刚发现我确实是个老师坯子，很惊讶。院长找到我，问我愿不愿意留校（我的大学），我拒绝了，我记得大二时，他狠狠地处罚了我，我不喜欢自己的学校。他却说："你留校吧，我有个侄子，见过你，他想和你做个朋友。"我特别生气，就直接地问："你以为我是花瓶吗？"

他似乎并没有放弃，并让班主任来劝我，我仍是拒绝。没想到这两次拒绝让我受了不少委屈。

## 51. 索要

我的工作意向有两个：一是进外企，一是进当地的报社。因为大学时我就在这两个地方打工，比较有经验。可是这两个地方都不能解决户口问题，尤其是我的户口一旦不能解决就要打回原籍，原籍的教育系统就会给我安排工作；如果我不去，就等于是违约，以后的户口档案统统留在原籍出不来。

万般无奈之下，我决定离开本省，北上或南下。碰巧的是，北京到我们学校招人，我去面试了。也很幸运，我签了约，还解决了户口等问题。可是，院长扣留了我的毕业证和学位证，表面上的原因是：我们学校培养的学生一般不让出省。其实真正的原因是：他希望我留校读个在职研究生，好成就他的侄子。

我真的不知道他侄子喜欢我哪一点，我都想说："你喜欢我哪一点，我再也不犯了还不行吗?!"其实我都不认识他的这个侄子，据说是个硕士毕业，要到我们学校来工作。可怜我呀，被逼着要和一个自己从来不认识的人交往。班主任还特别爱掺和："你就留校呗，很多人想留还留不下来呢？你这样的女孩子留在高校多好，将来的老公肯定有前途，院长要升了！"我那时候才知道自己的老师水平太低了。没办法，我就直接去找院长，天天就跟着他，就是上厕所我也要跟着，他没有办法就给了我的毕业证和学位证。你们看，来北京真的很不容易，不是北京不要我，而是想离开学校太困难。

# 52. 分离

很快的我们就是最后的分离了，院里的领导决定请我们今年所有的毕业生吃一顿，于是我们所有的本科生研究生博士生聚了一大堆。其中不乏我们认识的，认识的原因是曾经联谊过。联谊的时候我们是大三，好像同专业的研究生中有个长得很帅的男生，请过我们宿舍的人看电影，一个请了4个，哈哈！当时就觉得他很怪异，原来是他们宿舍请的我们，结果就他一个人敢来赴约。其中的原因我现在才明白，原来他们同时约了好几个宿舍，看谁宿舍的美女多就去哪。

其实我们宿舍的美女是我们院最多的，谁知那次有人整蛊他们，指着别的宿舍的人说是我们，结果那个晚上我们四个 mm 陪着一个 gg 看电影。再后来，他们发现上当了，后悔极了，再来请我们，我们死活不去了。看看这就是一味追求外表的结果，哼哼，我们再也没看得起学长了。

分离宴那天，院长在前面唱了一首我叫不上名字的歌，反正唱得大家都哭了，我也哭了，我哭的原因是院长唱得实在太难听了！我哭还有一个原因：有个姐们吃水煮鱼的时候溅了一滴油在我眼睛里。大家都很吃惊地看着我，以为我很留恋他们，班长就说："你看小雨都哭了！"话音刚落，大家抱头痛哭。我也被一个男生扯住了，他趴在我的肩上呜呜地哭，害得我推也不是，不推我就更难受，索性装作不小心洒了他一身酒。他终于罢手了……

# 53. 毕业

终于毕业了，那种心情很难形容，更多的是对社会的茫然与不安。班里的同学对于我签约北京是漠然的，觉得我的性格不会适应。也许有很多人对我表示同情，他们认为背井离乡对于他们来说是残忍的。

是啊，同学的家庭大都是比较富裕的，基本上一毕业就能在当地买上很好的房子，工作收入不高，却很稳定，也很轻松，估计这是大多数女孩子的愿望。而我却选择了离开自己熟悉的土地，去寻找一分未知。

分手的时候，我没有任何表情，对于同宿舍的姐妹，我送了一个人，送到了学校后门，没有掉泪，只是挥了挥手。就在离开学校的前一天，我决定继续留在那个城市打工，赚些钱好到北京工作的时候应急。给家里打了个电话，是爸爸接的，我觉得爸爸的声音不对，就追问他。他告诉我，妈妈和弟弟打他，说自己身上全是伤。真是不可思议，他不是最疼弟弟吗？弟弟怎么会打他？问他妈妈和弟弟呢？他说不知道。

我知道妈妈和弟弟出事了，打电话到姥姥家，妈妈在，一听是我就不停地骂爸爸，我问她弟弟呢？她也说不知道，才知道弟弟离家出走了。这对做父母的，我无话可说。不过我知道了弟弟差点被爸爸掐死的事情。原来，爸爸要打妈妈，弟弟去拉开他，爸爸就很生气，转过来掐着弟弟的脖子。弟弟被掐得背过气去，爸爸还不停手，妈妈实在拉不动，只好拨打了110，弟弟被送去了医院，妈妈离家出走，爸爸不理不问。弟弟再后来就没回家，已经4天了，身上也没有钱，亲戚家里也没有。我气坏了，到处打电话询问弟弟，一直找不到，没办法，查到弟弟班主任家的电话，发现弟弟4天没去上课了。

我登上了回家的火车，不知道回家能做什么，我就想找到弟弟。

# *54.* 赴京

其实，等到我赶回家的时候，爸爸已经去找过妈妈，可是就是不让弟弟回家，还说如果弟弟回家他就打断弟弟的腿。弟弟已经回到了学校，但是就是不回家。我回家后和爸爸谈了谈，领回了弟弟。可是从那以后，弟弟再也没叫过爸爸一声爸爸。

此时爸爸突然发现，自己一直疼爱的儿子被自己就打了一次，记着自己的仇那么深，而自己一直打打骂骂的女儿却从来不会这样。爸爸开始有些后悔自己以前对我的态度，在和别人聊天时经常劝别人：不要打孩子，好好教他。我以为父

亲是真的彻底地改变了，其实我的想法还是太天真。虽然我一直努力，希望可以改变我和父母的相处状态，可是我忘记了有些事情是无法改变的，我的努力只能是纵容了某种东西。

收拾行囊北上赴京时，我的身上只有自己在学校赚的600元，到了单位的第一天，领导倒是接了我。可是却没有准备宿舍，我只好在一间又脏又旧的办公室里凑合，领导开了门就走了，剩下的是一屋子的灰尘。我什么都没带，只好到附近的超市买齐了生活用品，一下花去了400元，看着瘪瘪的钱包，我开始愁怎么办。

住了两个晚上，终于有一个女孩也来到了这个临时宿舍，一进门就指着我收拾出来的桌子："这张桌子我要放电脑，你再去找一张吧！"我想也无所谓，反正我也没电脑，就让给了她。他的男朋友和她一起来的，就帮着她收拾东西。我的心里挺羡慕的，觉得在异乡有人关心真好。

上班了，我没有办公室，领导也没说到底怎样安排我，我就一个人在校园里逛着。很无聊的第一天，我不知等待自己的将是什么。

# 55. 上任

第二天，再去单位时，领导找到了我，对我说你的办公室在3楼行政层，你去教务处领取你的办公用品吧。于是我就去行政楼大厅，发现那儿张贴着一张任命书，一时好奇就看了看，上面写着：经校行政会议研究，任命和小雨担任本校团委书记，并担任##年级##学科老师，即日公布。

我愣在那儿了，怎么会这样？都不和我商量一下，真是奇怪。我又没做过这种工作的，不知道谁是我的前一任，他现在还在不在这所学校。一脑子的浆糊，想不明白。只好先去整理自己的办公室。到了3层，发现自己是一个人一个办公室，有些高兴。我喜欢安静一些，这倒是让我吃惊了一下，北京的房子很紧缺，我在其他办公室看到的老师都是很多人挤一个房间。不去多想，我打算先打听打听这个学校的前一任团委书记的一些事情，以后也好开展工作，省得不知不觉就得罪了别人。

一打听才知道，我的前一任还在学校，带着毕业班的课。和校长的关系不错，属于行政人员，但却不做事情，就在我对面办公。打听的差不多了，就开始查以前的活动档案，想看看这个人的做事风格，结果发现档案根本就没有整理，每个活动也是虎头蛇尾。就知道这个人的心思根本不在工作上，这对我来说是有利的，我不用顾虑太多了。

# 56. 摩擦

走马上任了，一切的工作都是从我不停向别人请教开始的。工作的事情还是很得心应手的，因为性格的原因，我和大家的关系都处理得不错（这里用处理一词，相信工作的人都会明白，同事之间的关系不是相处那么简单的）。

惟一让我比较不高兴的事情就是和我一起住的那个女同事。他的男朋友没有工作，整天呆在学校里。白天倒还好说，呆在宿舍我就睁一只眼闭一只眼。或者故意不回宿舍，呆在办公室里。但是到了晚上他也开始变本加厉了。一开始都是10点左右离去一个男教工宿舍，后来就发展到12点也不走。两个人在床上抱在一块儿看碟，哈哈大笑，吵得我睡不着。再后来就是一天早上我醒来发现他俩睡在我对面，那个男的一晚上没走！害得我一个晚上穿着衣服睡的觉！！

我心里特别不高兴，决定找同事谈一谈，让她自觉一点。

可是我发现，当我和她说起这件事情的时候，她却说："我家困难，没钱出去租房子，你出去租吧！"

我："可是我也没钱啊！"

她："不是刚发了5000块安家费吗？"

我："你也有啊？"

她："我要留着买房子。"

我："那好，我出去，但是我要说一句：'你太过分了！'"

她："哼！我的事情不要你管！"

我虽然很生气，但我知道她确实很困难，决定不和领导说，省得坏了她的名声，毕竟是老师呀，还是个女孩子。我就找领导说自己想搬一个地方，能不能给我找一个地方。领导没多问也就找了。并且找到一个条件很好的四合院，我很开心，决定搬走。

谁知女同事知道了我要搬的地方很好，就不让了，闹到领导那里，说我平时不关心她，连要搬走的事情都不和她讲。还吵着要和我一起搬，一起住。她哭得那个伤心哪，领导就认为我平时肯定欺负她了。一个早上，学校里闹得沸沸扬扬，大家都说我和小雨年纪轻轻就坐上了中层（副主任级别），还那么气势压人，欺负同事。领导把我叫到办公室狠狠地批了一通，我没说什么，因为这关乎一个女孩的名声。领导让我给她道歉，我也去了。一进她的办公室，就看见她办公室的人都在，五六个人。大家一看我去就知道我们要聊一聊，所以都很高兴我的主动。

我和她说了对不起，谁知她却说："你的道歉不诚恳，我不接受！"

妈的！！我没见过这样的人，当时就忍不住了，抽了她一耳光！对她说："给你脸不要脸！你的那点事我要说了，你在学校里还能抬起来头吗?!"

大家似乎明白了什么，拉开了我，我就被校长请了去，先骂我打人不对。后来我就说了，校长很生气，就说："要是我我就把她从楼上踢下去!"后来，这件事情就传开了。大家都觉得她很过分，没人理她了。每天她在单位都不讲话，见到我就像见到仇人似的。我也无所谓，反正她对于我来说太不成熟，连自己都不会保护的人，很傻。

# 57. 谣传

这件事情一过，那个女同事实际上看到我也很害怕，因为她突然发现我并不好欺负。那一个耳光并不能换取别人的同情，说句良心话，我心里是有些愧疚的，我前面忍了那么多，就是为了一个姑娘家的名声。后来还是破灭了，我有些于心不忍的。但是一想到她的不知好歹，我就生气。

她虽然害怕我，但是我也不能怎样她。所以她就做了一件最让我不齿的事情：她在学校到处散播谣言，说我经常在宿舍里骂别的老师，还说的动情动色的。其他的老师不明究竟还以为我真的说了，开始对我疏远。我不知道为什么，找了一个处得不错的同事一打听，才知道原因。大家知道，如果按照我以前的脾气就会不理不问，随她怎么说，可是我的工作是需要和老师搞好团结的，要沟通、协调各方面关系，才能完成组织活动的任务。所以我必须弄清楚，而且要快。

一次大会上，我发言的时候，就说："最近有的老师对我的工作很感兴趣，这让我很高兴，大家支持团委的工作，也让我们今年取得了很好的成绩。但是有的老师还不了解团委，希望大家多到团委坐坐，或者打个电话给我，我去您那里坐坐。总之希望大家多提意见，多批评指正。有什么事情当面谈

谈，小#（那个女同事），你不是有很多意见吗？那就说出来，我一定虚心接受，你和我一同进校，也是教工团支部的成员，你最有资格发言！"

她什么都没说。我却说了：

"我知道小#对我有意见，所以我认为她的意见最能指出我的不足。不然也不会在大家面前反映那么多事情了，她提醒了我，在宿舍的时候还应该和她多谈谈同事，多批评批评同事，这样才会大家一起进步，我以前做得不好啊，对吧，小#？"

我知道自己是尖锐了很多，但是这有利于工作，也是对她的警告：别惹我！！

# 58. 摆平

大会一过，大家又对我恢复了往日的热情，工作非常地顺利。所以说工作给我的第一点体会就是：人际关系很重要。处理得好，工作会很舒心，也很容易出成绩，当然，这要分在哪种单位。

我的性格让大家了解了不少，所以同事之间才开始相处，很多朋友就是在那时遇到的，谁说同事不可以成为朋友？我就不信，没有利害关系为何不能成为朋友？

上级领导似乎也很喜欢我，一直希望能够把我要走，学校一直以工作无人更合适为由把我留了下来。一干就是大半年，后来政府要从下面抽调人员，他们选中了我和另外一个女孩（已工作9年了）。就在要商量调我上去的时候，我选择了退出。我知道自己实在不适合呆在政府部门，用自己的青春去熬个一官半职。我的理想不是这样的，我提出了辞职。

带着很多人的不解我提出辞职，可是领导并没有让我走。

此时此刻非典来了，于是我被抽中，去到一线服务。那一段时间，是我生命中最纯净的时间，我每天陪着被隔离的学生，安慰他们，鼓励他们，照顾他们，从日常学习到生活起居。

我被隔离了整整2个月后，回到了学校，继续担任防治非典小组的组长，每天最累的工作就是量体温和查考勤。那段时间，妈妈给我打过一次电话，她以为我再也出不来了，谁料想我身体很健康。和我同去的几个老师，刚进去第一天就开始说自己不舒服，要求单独隔离，后检查是因为太害怕。

学校开始成为抗击非典的先进单位，大小报纸开始宣传，所有的领导全上了报纸，还写成了动听的故事，只是我的名字被换成了那个前一任团委书记的名字，我写的每一篇报道都被换了作者的名字。看着报纸上发表的我的文章被冠上了别人的名字，很想笑。有个同事知道这一切，很为我愤愤不平，我却很平常地对待。

# 59. 离开

虽然平常心，但是我也更加下定决心要走了。辞职的信交了又交退了又退，反反复复了3个月，终于走了。

离开了单位，觉得自己老是做着一份等工资的工作很没有盼头。还是自己给自己打工比较好，于是我想先去公司取经，然后再自己开公司。这是我的想法和计划，付诸于实践要很长的时间，但我一定会坚持。

现在的生活状态是和小雨的学习期，不是和小雨的最终状态，一切的一切都会在未来有一种发展与变化。

和小雨的故事远远没有完，因为在描述的过程中我省却了太多的感情纠葛。没有完的原因还有就是小雨还很年轻，她的未来仍然会充满了无穷的魅力——至少对我们来讲。

事隔一年，小雨又经历了很多事情。所有的开心与不开心时时历练着小雨，所有的感情与非感情刻刻纠缠着小雨。

## 60. 狗尾

我并没有如愿以偿地进入公司，相反地，出于对家庭和弟弟的考虑，我选择了进入更好的一家中学，选择了继续做我的中学团委书记。记得去这家学校面试的时候，正是非典的浪潮刚过。我抱着无所谓的态度去面试，因为我对自己再进中学并没有太多的兴趣，只不过是为了生计，为了自己能在弟弟上大学之前攒足他的学费。

刚刚下过雨，路面有些湿润，这家中学的校门也有些湿润，校门上好像还长了几颗杂草，它们显得特别兴奋，在那里招摇。我觉得这和我想像中的学校有些差距，光是看学校的大门就觉得这里面的人的主要心思肯定不在学校的建设上。但是他们开出的条件很是让我心动，是我原来工资的 2 倍。面试我的女主任看上去也是很面善，能说会道的样子，我不反感。

我选择了这家看上去很不精神的学校，我想："只要它不神经，哪管它不精神，不精神可以建设得精神啊！"抱着一些年轻人的傲气和干劲，我加入了这家学校的行政队伍。刚进去的第一天就发现，这里的人际关系很复杂。不同科室之间互相争斗，不同领导之间互相倾轧。我果然又进了一个是非之地，好在书记对我特别的好，这个快要退休的老头是个善良而正直的人。

进了德育处，还是老本行：团委书记。这次不同的是，我的教学被拿了下来，成了纯粹的行政人员。原因在于这个工作岗位事情太多，一个人不可能有精力同时兼顾教学和团委工作。其实面试我的是德育处的主任，她30多岁，对我似乎特别的关心，一直在和我重复对我的好感。然后就是带我去见各个校长。在见教学校长之前，她告诉我说话要谨慎，不要乱说话。于是我就战战兢兢地去见了这个她口中很是厉害的校长。

校长一直在用审视的眼光看着我，问了我以前的工作经历，还问我为什么要跳槽，我脑子转得很快，回答得很自然诚恳：给的工资太少，没有归属感。校长对我的回答没有做任何的反应，只是一个劲儿地问问题，竟然还问了我的专业问题：你觉得叔本华和康德的思想有什么不同？当时的感觉就是自己的大学学习还有用处的话就在此发挥了，但是并不理解校长为何要将这两个人放在一起让我比较，可比性不是很大吧。洋洋洒洒、天马行空了一通之后，校长点了点头，说："看来你的专业学得不错，这样吧，你先做着团委书记，等到一切上了正轨，我再给你教学任务。"

我不知道这算不算是一种面试的成功，但是我从他的办公室里出来之后，听到了他对我的评价只有一句话："这个女孩说话滴水不漏。"然后这个评价就成了我以后工作的最大的绊脚石（大家都觉得我可能心计很深，时不时地防范着我）。原来政教处的主管校长暂时空缺，好多人瞪大眼珠子想这个位子，学校的正校长的位子也是空缺，不过教委已经安排了上任的人。那天我才知道，和我一起来报到的、和我在门口相遇的胖子就是新校长，他开着一辆漂亮的轿车，大概小一百万的样子。

# *61.* 适应

不知道是谁给我的评价，说我的适应能力很强，基本上

到一个新地方一个月就能知道自己的定位和看起来比较复杂
的关系。看到这里大家好像不是很清楚我在这个学校所处的
位置，我来介绍一下。我所负责的团委一般在中学中是较独
立的科室，直接领导是校长和党委书记，但是有很多学校把
它放在政教处（德育处）的下面。我的这个单位就是，我的
直接领导多了一个——德育副校长，也就是这个学校还空着
的这个位子。头多不是一件好事情，因为做事情的时候会造
成多头领导，一件事情每个人的意见不一致时我最倒霉。

　　我被安排了一个单独的办公室，还有一个活动室。我接
了这个位子之后才发现，学校招我的原因是原来的团委一直
是形同虚设，我的前一任团委书记受不了政教处人的挤压辞
职不干了。在交接工作的时候，他用一种同情的眼光看着我，
还嘱咐了我几句话："如果你有一天受不了这里的人，不要像
我一样退出，你要懂得主动出击，不要让别人欺负了你。"当
时我就知道了这里的人不善了，但是我不知道他们会用什么
办法来排挤一个人，更不知道他们会不会排挤我。不想太多，
工作就是工作，只要尽力就行了，其他的不想。

　　走马上任的第一件事情就是收拾烂摊子。按照常理来讲，
团委的工作成果体现主要看以前活动资料留存。当我翻看资
料时发现，每一件事情的资料不是遗失就是被分割得乱七八
糟，就连活动经费都是一元一毛的散票子。查找上一任团委
人员的名录发现这些人早就毕业或退出了，团委的工作陷入
了毫无头绪的状态。这个时候新的德育副校长被派下来了，
听说是个很厉害的角色。果不其然，上任的第一天就找我谈
话，命令我在一个月之内理清所有的头绪。重新建立校团委
和校学生会，以及一系列的必要组织：诸如记者团、广播站、
少年先锋岗之类的团队。对于这个陌生的环境，这群陌生的

人，我能做的就是让他们先认识我，于是在我要求下，参加了行政例会和班主任会议，还组织了全校团干、班干的大会。

老师和学生很快接受了我这个年轻活泼的新人，这个学校太久没有活力了。学生很喜欢在课间跑到我的办公室和我聊天，我心里有了合适的方案来组建团队了，于是就向校长打了申请。可是事情不是我想怎样就怎样，有的人开始对我表示不满了。一个年届50的德育老教师，到校长处告了我一状：一个年轻人，刚来就给那么好的条件，又是单独的办公室，又是单独的宿舍，大家还那么跟着她一起疯，早晚会出事情的。大家都看着呢，新来的做错了事情，大家都会觉得是学校看人不准，对她领导不力。

我不知道校长是为了堵她的口还是出于对我的不信任，总之卸掉了我很多的单独决策权。我被架空了，每天做的每一件事情都要请示汇报，这对我的性格来说无疑是一种令人窒息的束缚。我选择了收起锋芒，我被安排和新的德育校长一起到基地带领新生军训，任务是熟悉军训的流程，以后的军训就由我作为主要负责人之一，还有一个任务是负责收集军训的所有图片文字资料，以备回校后，进行一次新生军训资料的展示等活动。原计划我要跟着全程，但是在那里我和校长在一起洗了一个澡的第二天，我就被派回来了。所有的人一头雾水：小雨怎么又回来了？德育校长搞什么鬼？难道她们之间发生了什么？

这个时候最兴奋的就是去校长处告我状的那个老师，她总是在各个办公室之间跑来跑去，猜测我在军训基地和校长之间会发生什么。就在大家议论纷纷的时候，上面来了一个通知，收回我的单独办公室，改为德育校长办公室，我改去政教处办公。这下子好了，我直接和那个告我状的老师一个办公室了，事情才刚刚开始……

# 62. 暗流

　　此时我才知道，德育副校长原本就是这个学校的人，只是一年前被借调到上级工作，现在又被派下来了。而这一任的德育主任也是上级直接下派的，原本上级是有将她提升到德育副校长的位子的意思，但是后来不知道为何换成了别人。所以这两个女人之间是有矛盾的，彼此之间都视对方为仇敌。我的前一任团委书记是德育副校长的人，被现在的德育主任撤了，而我又是德育主任做主招聘来的。所以大家都在猜测，德育校长会把我撤了，然后让我的前一任回来。

　　那个告我状的老太太是个碎嘴的鸡婆，她整天在我面前说一些畅快话，幸灾乐祸的神情表露无遗。我懒得理她，对于她的兴奋视而不见。我的冷淡激怒了她，她变成每天都去告状，有一次告我早上吃早点！原来大家上班都很早——6：30要到班，我从门口买了早点到办公室吃，大家好像都是这样的。我通常都是第一个到办公室，吃了早点就去巡校，有一天我没来得及吃早点就有事情处理去了。处理完回来和她们一起吃早点，就那天早上她就去告我的状说我在办公室里吃零食，这是有损教师形象的，学校明文规定不许学生带食物进校，我还带头违规云云。

　　我不知道校长当时的表情，但是当德育主任神秘兮兮地把我叫到办公室对我进行批评教育的时候，我猜得出校长的表情。德育主任是这样教育我的："在一个单位要处理好与老同志的关系啊，你是不是在办公室里吃早点了？下次不要这样了，校长都知道了。你是我招来的，我招你的目的就是培养你能帮助我啊，你是我的人，我不想你在学校里工作被别人指责。"

那时候我才发现自己的位置真的很尴尬，德育主任自然而然地认为我是她的人，所以应该处处帮她，而德育校长对我的看法就是，那天她和我一起洗澡时说的一番话："小雨，我知道在我回学校以前很多人和你说过我，我承认自己在以前的工作中存在很多的问题，得罪了不少人，但是看人不要单从别人口中得知，要学会自己去感受，我希望你能用自己的眼睛来看我。"第二天回学校的时候，我知道德育校长为何要求我和她一起去安排军训了，这只不过是一个幌子，真正的目的是试探我的来由和知道我的想法。

我想自己的表现没有什么偏向，因为很小的时候爸爸就告诉过我：当两个领导发生矛盾的时候，你最好不要明确表示自己的态度，站在中立的位置，最不容易穿小鞋。我就记住了这一点，此时我就采取了中立的态度。所以我第二天回校了，我相信自己的表现不会被拉下这个工作岗位，但是我真的不知道德育校长为何要我搬办公室。直到后来我又被调回自己的单独办公室我才知道，原来德育校长在暗示德育主任要把她的校长办公室还给她，德育主任坐的是德育校长该坐的办公室，她一直没有搬出来。德育主任的气很大，总是在我面前骂德育校长，我每天很大一块的时间就是看她们两个你争我斗。开德育会的时候，她们两个面对面拍桌子吵架，而且要我来评理。这是我最郁闷的事情。

# 63. 创业

工作如火如荼地进行着，可是危机却是暗暗逼近，学校给我试用期是 3 个月，在这 3 个月之内我必须把自己的档案从原单位取出。时间随着我的努力也在消逝，工作能力得到了

认可，但是提不出档案成了我跳槽的最大障碍。现在的单位不愿意聘请无法落实档案的人，其实我知道，这仅仅是一个借口，权力之争中，我没有倒向任何一个人。这让她们很不安：不知道我心里的真实想法，不知道该以何种姿态与我相处，她们认定我是个危险的人。来自同事的压力，来自档案的压力，以及来自生活的压力（试用期每月仅900元的收入），我决定辞掉这份工作，离开教育这一行业。

瞒着父母亲人我毅然地辞掉了工作，满眼的迷茫，只知道自己会努力，却不知哪里有机会让我努力。拼命地投简历面试，包括去某某大学的面试，可是不如意的是我的几次面试都泡汤了。不是因为我不满意就是对方不满意，我青涩得甚至不知道对方不满我什么，总以为只要自己足够努力，对方就应该给我一个机会。看着口袋里的钱一天又一天地少下去，我不得不为自己的未来和弟弟的学费担心了。此时，爸爸打电话让我给他们寄些钱，说是这个月的人情关系就花掉了2000多元，家里比较紧张了。搜罗了我所有的钱凑出了2000元给家里寄了回去，我的口袋里只剩下一张我一直给弟弟上大学用的定期存的银行卡了。我决定赌一把，于是我找到了几个同学和朋友，说出了要创业的想法。其实我在说的时候都是底气不足的，因为无论从资金还是资源我没有任何的优势，不知道拿什么和别人合作。

同学中一个是做过市场的，我们决定不放弃这个资源，于是大家东拼西凑地借钱，筹资金。开个公司很不容易，尤其是对于我们这些白手起家的人。让这个公司能够生存下来又是更困难的。首先就是出资，我们所有借的钱根本和想要注册的资金数额差了太多太多，幸运的是，有一个朋友的导师给我们补齐了余下的资金。在实际的操作中，我们确实也多方打听是否有更好的办法解决资金的问题。而且知道如果要寻求代理帮助我们解决这类问题，会有太多的事务受制于代理公司。几经商量之下，才决定自筹资金。注册的时候，只有一种感觉：腿要跑断了，所有人都有自己的工作，只有我辞职来全力做这件事情。不知道未来是个什么样子，但是总是相信自己的努力不会白费，总是相信自己能够有承受失败的能力。那时候我的心得就是：一个人在决定做一件事情的时候，一定要想好自己能否承受得住所有的后果，如果不能就不要去做。

其次就是公司的选址，因为没有太多的资金，所以我们只好选择价位相对较低的写字楼。做过公司的人都知道，租用写字楼的付款方式大都是年付，季付的都不多。可是我们没有多少钱，我只好和写字楼的经理磨洋工，说明了我们的情况。前前后后跑了不下 10 次，最后这个负责人答应我们按月付租金，那晚我高兴得多吃了一碗饭。节省每一分钱，充分利用每一分钱，这是我的目标。合作者们虽然不能和我一起做这些初期的工作，但是他们给了我很多的鼓励，让我每天晚上躺到床上的时候都有一种充实感。选好了房子，接着就是装修。大楼的经理给我们介绍楼里就有一家装潢公司，这让我很高兴。当天找了这家公司，巧的是这家公司的老总竟是我的老乡。老乡面前我更是希望对方能够理解我们的资金的困难，装潢公司的老总答应我装修费用去掉一半，而且他派了一个人专门帮我盯着，甚至还陪我一起去选料。这一场装修下来，他们几乎没有赚什么钱，卖了一个老乡的面子，我也认识了一位大哥（装潢公司的老总）。他给我讲了他来北京的 10 年创业，称得上步履维艰，但是他从来没有放弃过，于是他有了今天。他鼓励我一定要坚持，还告诉我：第一桶金最难赚，今天很残酷，明天更残酷，后天才是美好的；很多人在今天就死掉了，一部分人在明天气馁，能够坚持到后天的才是成功的人，但是这样的人真的不多。

　　一个名不见经传的小公司如何赢得客户的信任？说实话，我们当时的想法就是：做生意想要长久，更多的要学会怎样做人，所以我们决定对待每一位客户都会热情、敬业、诚实、守信。我们几个合作者，天天过的都是这样的日子，白天在各自的单位上班，尽自己的职责，晚上聚到一起商量公司的生存和发展；周一到周五在单位工作，周末的两天我们从来不休息，到自己的公司上班。身边的同事或同学总是约不到我们，平日的聚会也没有我们的身影。此时的我突然接到一个单位的电话，通知我通过面试，10天后去上班。权衡了一下，几位合作者决定让我退出日常事务，接受自己的工作。于是我有自己的一份工作的同时还在操心公司的运转。公司正式营业的那天我们几个人在一起聚会，大家都对未来充满了干劲儿。谁料想，公司的业务并没有想像中的容易，因为所有的股东都有自己的工作，无法做到全心全意。还有就是招聘员工上出现了一些争执和问题。公司经历的第一次经济危机就是在这个时候，大家把自己的每个月的工资全部都投了进来。营业的前3个月我们没有接到一个单子，这更让我们着急，大家虽说自己不着急，实际上每个人心里都很担心公司的运转。我们其中的一个人竟然窘迫到一天只吃一顿饭，大家知道后心里都很难受，所有人只有一个想法——要让公司活起来！我们的努力没有白费，我们终于做成了第一笔单子，数额不大，只有十万元，除去成本和公司的运行费用，几乎没有赚到钱。但是这对我们来说就是一个里程碑。这里面有太多的酸甜苦辣，有太多的努力汗水。局面打开之后，所有人的信心大增，单子也便接二连三地往回收。

# 64. 捷传

公司的运营进入轨道之后，第二件令人高兴的事情就是弟弟考上了大学。对于从农村走出来的我们来说，这不能不说是一件值得庆祝的事情。弟弟来到身边无疑是给了我巨大的动力，我担起了弟弟所有的学习生活费用，这也是实现当初我对爸爸的承诺。我此时对于父母的感情已经不再是大学之前的感情，大学的 4 年打工生涯、大学毕业后的几年的经历让我对亲情有了更深刻的认识。更何况我一直努力希望父母能够接受我，从心底里改变对我的看法。我所做的一切就是让父母知道，我这个女儿是爱他们的，也一直希望他们能够爱我，理解我。

弟弟告诉我，他临行前爸爸对他说了几句叮嘱的话："你到北京后，不要和你姐姐吵架，要哄她开心，让她给你钱花。"虽然这句话让我抱着枕头哭了大半夜，早上起来我仍是会原谅我的爸爸。他毕竟是我的爸爸，我毕竟是他的女儿，不管他如何看我，我不能有悖做儿女的本分。再说我一直都把供养弟弟上大学当成是我自己的事情，虽然这是我最大的压力，我还是愿意，我是姐姐，我们的身体里流着相同的血。

# 65. 感受

有一个词叫做感同身受，用在这里真的不够贴切。但是当我听完小雨的讲述、写完小雨的故事之后，我的心是久久不能平静的。生活中的小雨阳光、热情、温柔，看不见一点点岁月的痕迹。我知道她的心里有过太多的痛苦，有过太多的

失落，但是小雨一直坚强、独立。你可能家庭贫苦，你可能学业不精，你甚至是单亲家庭成长，这些都是种缺憾，但是你有父母的疼爱，家人的关怀。可是小雨一直没有，不仅是没有，还有种伤害。小雨的愿望竟就是父母能够疼爱自己一些，这可是一般的父母的天性啊！虽然小雨的父母对小雨的态度有所改善了，可是我真的不敢想像小雨在过去的20多年里经受了多少孤独与无助。

她的父母仍在互相地埋怨，还是时不时地会打架，爸爸仍然时不时地向小雨发火，动不动就说小雨不孝……可是这一切小雨已经很满意了，小雨希望的真的不多，她只是想一家人能够平平安安、和和睦睦的。

小雨一直在帮助自己的父母说话：也许他们有自己的想法，也许这是他们关心我的方式，过去的就过去了，我希望自己以后可以多孝敬父母，这是做儿女的责任。回顾小雨的过去，也许就像她说的，没有她的爸爸妈妈当初对她的种种，就没有小雨的坚强和独立。但是我真的不希望小雨还像过去一样遭受不该有的冷遇和不理解。我也相信他的父母随着年龄的增长终有一天会知道小雨的心思，会珍惜和小雨的情分。

对于而今城市中的孩子们来说，父母的宠爱仿佛是天经地义的，哪有不管不问之说？更少有遇到不疼爱自己的父母。身在幸福中的你们是否像小雨一样感恩于父母的生养之恩呢？如是你从这样的家庭环境中成长，会造就怎样的性格，会成就怎样的人生？我能做的就是告诉你们小雨的心里话：无论什么时候都要孝顺自己的父母、关爱自己的家人，就算是他们对自己不是很好，也不要放弃对亲情的追求和维护。

让我们祝她幸福。

兔子　和　gg

# 1. 和 gg 相识

其实 gg 比兔子小 5 个月,

认识他的时候,他还比我矮半个头。

我家和他家之间有一条小河,

那是我们的玩耍天堂,我最喜欢到河里摸鱼抓虾。

第一次见到 gg,他光着屁股,穿着肚兜,低着头在那里拉网抓鱼。

其实所谓的网,就是渔夫丢的废网。

抓了半天,就抓了条大泥鳅。

我走过去:"喂!没人告诉你这是我的地盘吗?谁让你来抓鱼的?"

gg 睁着迷茫的眼:"这是大家的河,又不是你一个人的!"说完,满是泥巴的手往身上的肚兜抹去。

我迅速往他的身边一站,立刻衬出他的矮小。可是他一点都不害怕,黑亮的眼睛盯着我。

那时候兔子就想,这个小嘎嘣豆还挺能耐!那时候我 6 岁,他 5 岁半。

# 2. 和 gg 吵架

兔子一直就很霸道,所以自认为这条小河就是我的地盘,所以看见 gg 光着屁股在我的河里抓鱼就生气。所以就对 gg 特别凶:"你是哪家的?我现在上一年级了!"(好像要要挟他,吓唬他。)

谁知 gg 一点都不怕:"哼,我也是一年级,我不怕你,丫头片子!"

好家伙，他倒是一点都不怕我，看来他是不知道我平时的恶名昭著啊！我平时可是以打男生为乐的，哼哼！两个睁着眼瞪了半天，就是没打起来，估计都是觉得势均力敌，打起来谁也讨不着好。

gg小时候就喜欢穿肚兜，我和其他的小伙伴就喜欢欺负他的屁股，老是用水草抽他。就这样半虐待式的相处，愣是没有吓着他，gg还是每天坚持到河里玩，他和我杠上了。我们最喜欢玩的就是比谁潜水时间长，我是个胆小鬼，不敢到深水处，就趴在浅水区，还有一个自行车胎，生怕自己淹着。gg的水性很好，通常都是他赢。这一点我最不服气。

## 3. 和gg玩耍

和gg的家很近，我们却在两个小学读书。gg的学校好一些，gg的成绩也好些。我的小姨父就是gg的校长和班主任，小姨父总是在我面前夸奖gg，说他如何聪明。我心里很不服气，所以在河上玩的时候老是欺负他，他也不生气。

一天我们用婆婆家的网抓住了好多条大鱼，gg特别高兴，穿着肚兜在河岸上叫。村里人还以为出事了，立刻跑了过来。我们都觉得gg白乎乎的屁股很扎眼，决定到地里采些野花给他编一条裙子。花很漂亮，裙子也很漂亮，可是穿在gg身上就特别的滑稽。

gg再也不好意思在河岸上跑了，老老实实地和我们一起泡在河水里，我们是一群在水里长大的孩童。

## 4. 和gg考试

在村子里上学的孩童，我和gg的年龄最小，但是我最霸道，总是和别人打架。gg 呢，就很顽皮，也总是打架。不过我一直觉得他这一点比我笨，因为我打架的时候挑对象，比我瘦小的不打，和我差不多的打，比我强壮的绝对不打。gg 很笨，和他打架的全是比他壮的，gg 每次都被打。

就因为一直不服气他聪明，所以我做事情老喜欢和他比较。很多样我都是输的，只有一项，我骑儿童车的速度比他快，gg 天生怕车，儿童车、自行车、汽车、火车，他全怕。一条铁道从村子的南端穿过，每次来火车，我们都吓唬他："下来个流氓把你抱走，你就永远别想回家了。"

和 gg 终于面临一年级的期中考试了，我们每个人从家里搬了一个板凳，就坐在学校的院子里考试（两个学校在一起考试）。我拿了根柳条，考试过几分钟就抽 gg 一下，gg 就回头瞪我。终于忍不住了，就告诉了老师，老师考完试后，把我骂了一顿。罚我在太阳下站一个小时，老师回办公室了，等老师中途出来检查的时候，我早就和 gg 跑到学校旁边的树林里玩了，哪还有影子？小孩子和好真快呀！

## 5. 和 gg 去比赛

和 gg 在河边分出了胜负之后，我们就把比试的场所换到了河边的一片老树林。

这个树林很奇怪，无论是土还是这里的植物大都是红色的。听村里的老年人说，以前这是日本鬼子的屠杀场，这里的每一寸土地都是我们这里的乡亲们的血染红的，所以这里的一切都是红色的。

我们一直都信以为真，总觉得这里有些诡异，但是我们这些孩子就是这样，越诡异我们的好奇心就越强。我和 gg 打赌看谁晚上有胆子一个人去那里。约好了 gg 先去，我再去。事前，我和村里的几个伙伴用墨汁把自己的脸涂黑了，用红色的印油把自己的嘴唇涂得红红的，还拿着快没电的手电筒。我打算算计 gg。

gg 果然一个人来了，我们比他早到了几分钟，躲在暗处。然后就发出怪怪的声音，突然从背后跳出来。昏暗的灯光打在自己的脸上，gg 看见了之后大叫一声，噌噌噌几下爬上了树，我从来没见过 gg 爬得那么快。我们站在树下笑得直不起腰，gg 就用树上的桑椹丢我们。

gg 一直认为兔子很卑鄙，就是因为这件事。

# 6. 和 gg 划船

gg 的水性是我比不上的，可是 gg 划船的技巧远不如我。外公家是当地有名的捕鱼大户，所以我对捕鱼和船上生活有一些了解。那天趁着大人们都不在，我就和 gg 分别划着一艘小木船往深水区去。

水面上没有风，我和 gg 讲好的，谁先到河中间的那个小岛谁就赢，输的人要背着赢的人在水里游 5 分钟。我一心想让 gg 背着我的，因为我的水性实在太差，肯定背不动他。可是那天我很倒霉，快要到小岛的时候，我被漂过来的一大片水草缠住了，我的船搁浅了。

gg 见我大呼小叫的，就笑我，就是不来救我，可怜我正在大河的中央，凭我的水性根本游不回岸边。我只好用软的了："求求你救我啊！"gg 很小人："救你也行，可有两个条件，一嘛，你要叫我 gg；二嘛，你要亲我一下。"

我一开始不同意，可是看着他作势要走，就同意了。后来，后来我就一直喊这个比我小 5 个月的人叫哥，那天我还亲了他一下，gg 的嘴都笑歪了。

## 7. 和 gg 趟雨

我最羡慕 gg 有个聪明的大脑门，gg 最羡慕我有双红红的小雨靴。在农村生活过的 25 岁以上的人应该记得，那时候一个孩子能有双小雨靴是件很开心的事情。因为大多数的孩子是穿着大人们的黑色的高筒长雨鞋上学的。高高的靴筒一直没到孩子们的大腿根，走路很是笨拙。遇到泥泞的路面经常被陷进去，通常是脚拔出来了，靴子却陷进去了。

我就有一双属于自己的红色的小雨靴，可是我不是很珍惜。有一次，我穿着雨靴和 gg 一起玩。我往靴子里灌水，还龇牙咧嘴地笑，gg 就很心疼靴子，连忙把水倒了，还一个劲儿地说："兔子你怎么这样？兔子你怎么这样？"

那时候不知道 gg 喜欢我的靴子，要不然我肯定会送给他。因为 gg 总是采一些不知名的小花给我编花环，还和小伙伴们玩家家娶我。我像个公主一样被大家簇拥着，像个公主一样被 gg 牵着手。那一年兔子"嫁"给了 gg，他没花一分钱就捡到一个老婆，我没拿到一分钱的彩礼钱就嫁了一个老公。

## 8. 和 gg 骑车

gg 有一辆很漂亮的自行车。兔子的自行车是笨重的二八式，一直想和他换自行车，苦于没有机会。

一次和 gg 一同到乡里参加小学生科技比赛。去的时候，小姨父用车带着我。回来的时候，小姨父遇见了老同学要去喝酒，就让 gg 照顾我，骑车带我回家。gg 很爽快地答应了，小姨父很满意地走了。可是 gg 迟迟不上车，我走的很累。问他为什么不让我上车，他讪讪地说："我不会带人。"

于是我就骑着车带着 gg 回家。路上，自行车没气了，我们只好步行。一路上我们第一次认真地交流自己的想法，gg 说得满面红光，很是兴奋。突然之间我们发现自己长大了，那感觉真奇妙，真的就在一瞬间我们觉得自己成长了。我们有自己的想法，有自己的愿望和目标。

就在那个时候，gg 悄悄喜欢上了我。以后遇到 gg 的好友，他们都说，在 gg 心中兔子就像一个小仙女、一个小精灵。

# 9. 和 gg 同学

考进了当地惟一的一所中学，依稀记得学校只有 6 排房子，每排 4 间教室，其中的 3 排是教室。余下的 3 排作用可大了，一排是老师的宿舍，一排是实验室，还有一排里面装了很多莫名其妙的东西，长年累月地锁着门，听说是仓库，又听说是暖房。反正在兔子和 gg 初一的时候，谁也没有去过那排房间。

很幸运的我和 gg 分进了一个班，门前是七八棵粗壮的杨树，还有一道战壕似的沟堑。这可把我高兴坏了，因为喜欢打"战壕战"而出名的我，怎会放过这样的玩乐之所？首当其冲被我欺负的就是 gg。gg 成绩总是很好，还总喜欢用教训的语气和我说话。在 gg 看来，智商上的差距成了他笑话我的理由。恼羞成怒之下，我拿着扫把就追 gg，gg 一边笑一边往池塘跑。学校的池塘里全是稀泥，岸上又很滑，每次追到那里我就停住了，怕自己滑下去。

有一次，gg 在我对面远远地做着鬼脸，叫嚣着，我一股怒气上升，顾不得害怕，猛追。结果我很惨，如他所愿掉进了池塘，吃了一嘴的淤泥。爬上来的时候，因为太紧张手一直紧握着，打开时发现自己手里有一条被我捏得咽气的泥鳅，要在平时，我哪儿抓得住啊。我的杀生是 gg 直接造成的！

## *10.* 和 gg 踢球

gg 喜欢足球，我一直在打击他：你的个子像地主羔子，在球场上，人家还以为是谁家的孩子乱跑出来玩的呢！gg 一听气坏了，决定和我比试比试球艺。

那天的体育课是球类课，体育老师提前一天通知大家第 2 天不要穿球鞋以外的其他鞋，否则就要赤着脚上体育课。第二天我把鞋的事情忘得一干二净，穿着一双凉鞋上课，结果可想而知。我赤着脚做准备运动，gg 向我挑衅，我还是硬着头皮接受挑战。当时觉得 gg 真是个小人，明明知道我没穿鞋子，怎么踢球呢？正想着，只见 gg 把自己的鞋子也脱了。

那天我和 gg 比门前的射门，结果我输了，还被 gg 撞得下巴脱了白。只见 gg 吓得嘴比我张得还大，一边扶着我一边说："掉了我赔，掉了我赔！"要不是我说不了话，我一定回他："你那张破嘴，谁要你赔！"

gg 再也不和我踢球了，以后一说踢球，他就说："你太脆弱，一碰就散架。"

## *11.* 和 gg 作文

gg 的作文天生就是比我好，上初一的时候我总是不知道该如何写作文。只好把自己认为不错的一篇说明文章背下来，一到考试的时候，就背出来写上。一次两次还可以，时间长了就被老师发现了："为什么你每一次的作文都是同一篇文章？"

　　只好据实交代，老师说："这是个半命题作文，《我最敬重的人——×××》，你看你，就是抄也要抄个像一点的，你看你写的！"我也确实觉得不合适，因为我写的是我最敬重的食物——蓖麻油的疗效。gg 坐在我的旁边，一看我的文章就笑得不行了。我的脸顿时红到耳朵根，因为我最讨厌他笑话我。趁着老师不注意用纸团砸了 gg 一下，正好丢进 gg 笑得大张的嘴里。

　　旁边的同学笑得不得了，gg 大怒："自己作文不好好写，早承认早学习呀，抄别人的文章是可耻的！"我一听，怒从心来："我肯定可以比你写得好，你不要嚣张！你等着！哼！"从那以后，我就天天认认真真地练习作文，经常看一些书和报纸。终于我写的作文可以和 gg 的作文一样被当作范文当众朗读了，gg 也开始对我刮目相看，和我讨论如何写好作文。不知不觉地，我俩成了名次一前一后的竞争者。

# *12.* 和 gg 看书

　　gg 最喜欢捧着大大的大部头书——武侠小说，埋在书堆里偷偷地看。有一次我发现了，就向 gg 借，可是 gg 小气得很，就是不借，还推诿说："等我看完后。"我每天上课下课都很馋地趴在他的桌子上问："gg，你什么时候看完哪？我真的很想看哪！"gg 总是说"等等，等等"。几次三番之后，我就不耐烦了，趁着中途 gg 上厕所的时机，偷偷把他的书从桌洞里拿了出来。

　　gg 回来发现书没了，发疯似地找，我就装作不知道。后来 gg 上课一点精神都没有，老师发现了，就问 gg 为何。gg 不敢说，因为学校严禁在校看小说。实在看不下去 gg 的萎靡，下课的时候就把书还给了 gg。gg 气坏了，冲我大吼："你不仅偷了我的书，还撒谎说你没拿！真是太可恶了！"当时我真的气坏了，就回顶他："要不是你答应我给我看，还一个劲儿拖延，我怎么会拿你的书！"

我俩从那件事情后就不再讲话了，我气他小气，他气我撒谎。小孩子的自尊还挺大的，我俩互不讲话足足快一年了，都等着对方向自己先道歉。最后谁也没让步，心里憋坏了，可是就是嘴皮子硬，死活不说。同学们都觉得我俩肯定一辈子都不说话了，gg 的那本大部头书我一直都没有看到。4 年后我才知道，为什么他那么紧张那本书，他在书的每一页空白处都写满了我的名字，真是超级早恋的家伙。

# 13. 和 gg 考试

初中的时光真快呀，转眼就到了中考的日子，学校里紧张地在给我们做心理工作。我和 gg 同时报考了提前录取考试，就是一种在中考之前的选拔考试，有三轮。第一轮是笔试，在校内进行，每门课的成绩要在 95 分以上；第二轮是面试，通过率大概是 50%；第三轮还是笔试，由我们报考的学校出题，通过率大概是 40%。层层下来，剩下的基本上就是各个学校的佼佼者了。前两场下来，感觉自己像是脱了一层皮。

我和 gg 都顺利地进入了第三轮，考点在距家里大约 40 里的县城。考试分三天进行，校长带着我们学校的 20 名学生住进了县城的一家招待所。前一天晚上住进的招待所，校长让我们放松一下，各自在房间内看电视，不许出去玩。

我从小到大都有个毛病，只要出门就会生病。那天也不例外，刚到招待所不到两个小时，我就要命地拉肚子，厕所不够我跑的。老师急得不得了，只好把我送进了医院。我得了急性肠炎，只能晚上留在医院打点滴了，老师一方面担心我，一方面又担心招待所里的孩子们偷跑出来玩。只好让我们其中的一人在医院照顾我，他回去照顾其他的 18 人。gg 一声不吭地留在了医院，他一夜没睡。那个晚上，我对他的气一下子全消了，还对他说了对不起，因为一般的同学不会在这个时候来照顾我的，晚上休息不好势必影响第二天的考试，谁愿意拿自己的前途开玩笑。以前总是觉得 gg 不近人情，老欺负我，现在我才知道，他一直对我很关心。那晚我对他说："我们一辈子都是朋友。"

第二天，校长来接我们去考试。我和 gg 的精神状态都不好，但是都对自己有信心。几场考试下来，我们怀着期盼的心情回家了。

# 14. 和 gg 升学

回来之后，我为了给自己留一条后路，决定在学校继续学习，万一提前录取考试砸了，还有一次中考机会。可是 gg 对自己很有信心，在家自学、休息、等成绩了。我在学校的复习没有持续多长时间，就接到了提前录取的通知书，gg 比我多考了 15 分，进了当地最好的一所高中，而我就被排名第二的高中录取了。我们学校考上了 8 个重点中学，其中有我们两个。

还记得 gg 拿到通知书的时候没有说话，我可是开心得要命。当时我只是觉得 gg 应该很高兴，就没有多想。后来 gg 到开学的时候都没有到我们经常玩耍的河边去，那个夏天，我一直在那里等他，希望可以和他聊一聊。可是我一直没有等到他，以后的高中 3 年，他就像从这个世界消失了一样。我试图去他的学校找他，可是每一次都看见其他的同学就是没有他。我一直不知道他的家究竟是河对面那个村子里的哪一家，也没有勇气去询问。只是每年的夏天我有时间都会去河边等他。河岸上，河水里有很多五六岁大的小孩，有男有女，有的还穿着肚兜，就像小时候的我和 gg。

只是现在我们长大了，我们上了高中，我们由五六岁长成了十五六岁。我们之间的距离也拉大了，见面都是那么的难，可是我的心里一直记得当初在医院里和 gg 说的话："我们一辈子都是朋友。"

每次学校参加一些上面的竞赛之类的，我都努力争取，因为竞赛地点一般都安排在 gg 的学校举行。我真的希望可以在竞赛中遇见 gg，好久好久没有看见他了，不知道他最近好吗？可惜的是，每一次我都没能看见他。问起其他的同学，他们也是只知道 gg 的成绩挺好的，年级前几名，其他的便没有了。难道成长真的会把友情变淡吗？如果是这样，我的心里为何还是像当初一样把他当成我的好朋友呢？

# *15.* 和 gg "重逢"

我的学校距离 gg 的学校只有 1500 米，gg 学校的对面有一家非常有名的书店——轩然。我很喜欢那家书店的意境，古色古香，简单纯朴。每个星期六的下午 3 点 ~6 点我都会去那家书店坐一坐，买一本参考书。那时候看书的速度就是这样，一个星期一本参考书，还经常不够看的。

时间长了，老板也就认识了我。有一次，我去买书的时候，老板告诉我，有一个小男孩也经常到他的书店里买书。只是他是每个星期六的上午9点~12点在这里看书买书，刚好和我错开了。我心里格登了一下："不会是gg吧！如果是他就好了。"我决定下个星期六上午来书店看个究竟。

一周时间很漫长，我总是觉得时间在和我作怪。这本参考书对于我来说已经是一本废书了，我在自己的摘录本上把有价值的全部摘录下来了。可是我却没有扔了它，是它让我知道了gg的信息，虽然我还没有见过那个男孩，不知道他是不是gg。星期六终于来临了，可是该死的，天却下起了大雨。我顶着大雨跑到轩然书店，老板告诉我，那个男孩子今天没有来。我心里一阵高兴。决定坐在那里等他，一边看书一边等他，门开了又开，人来了又走，可是我一直没有看见gg。

一直到日落西山，我一直没有看见gg。老板劝我不要等了，那个男孩子下午不会来的。可是我很倔强地坐在那里，那一天我的心情由满怀期望到满心失望。我走的时候，一再嘱咐老板，记得下次看见他，要告诉他我等过他，不管他是谁。我一直在担心那个男生没有来是不是生病了，还是因为这外面的大雨？回来以后，我发烧了一场。

妈妈很心疼："你这死丫头，让你带伞你不带，淋得像个落汤鸡，你不知道自己身体不好啊？"

我和妈妈说了我去书店的原因，妈妈又气又笑："小时候说的话，也许人家早就忘记了，不要当真。再说那个男孩不一定是他啊，你这个傻丫头。"

我就问妈妈："妈妈，你觉得他是不是生我的气了？"

妈妈说："看起来不像，记不记得你们小时候打架？他都是让着你的，他不是个小气的人。"

我问："那他为什么不理我了呢？我们曾经是那么好的朋友，我们一起长大，就算是我很霸道，可是以前他都受得了，为什么现在才不理我呢？"

妈妈笑一笑，摸摸我的头："丫头，每个人心里都有事情，不可能所有人都要重视你，围着你转。长大了他会有新的朋友的，你也会有新的朋友的，你看你现在不是有很多的新朋友吗？只要开心快乐就好。丫头，以后不要淋雨了，如果想找他就等你们高考完后。"

妈妈的话让我的心平静了不少，我决定高考之后去找他，放下自己的羞涩和尊严。

## 16. 和 gg 相遇

这是我最后一次去轩然买书了，这次不是买参考书，而是买书法书。爸爸让我在假期里好好练一练自己的书法，爸爸认为，人的气质来源于渊博的知识、良好的家教，练习书法能够磨去人的暴躁，让人沉静如水，这是一个女孩子应该有的气质。我一直很奇怪，爸爸的字写得那么好，也没有见他沉静，相反他的脾气又急又爆，像个爆竹。不过老爸的道理一向很多，我不敢忤逆。

（老爸一直是个很奇怪的人，不许我和男孩子交往，但是允许我和 gg 一起玩。上了高中，gg 再也没有来过我家，爸爸就经常问："你们是不是又打架了？啊！瞧一瞧你，哪一点像一个女孩子家，举止粗鲁，我平时是怎么教你的！以后不许你踢足球打排球！老老实实在家和你妈学做饭、绣花！"妈妈总是在这个时候把话题岔开，转移爸爸的注意力。我一直很委屈，gg 不来，又不是我的错，我正纳闷呢？爸爸妈妈都很喜欢 gg，我心里很不平衡。）

不想老爸，还是买书好了。正挑着书，忽然听见老板喊我："那个男孩来了！"我心里一阵狂喜，正想着是自己主动说话还是等他发现我时。那个男孩已从我身边走过，定神一看，根本就不是 gg，心里那叫一个失望啊。付钱的时候，老板问我：

"他不是你要找的人？"

我摇摇头。老板又像是想起了什么："对了，你每次来的时候都有个男孩子在门外看你，已经很久了，两年了。"

我笑了笑："老板，你就别和我开玩笑了，谁会看我？看我我自己不知道？"

老板很生气："我说的是真的！信不信由你！他现在就在外面的柱子后面！"

谁会在书店外傻傻地看我呢？不可能的，如果有，我怎么会不知道？不可能是 gg，若是他，他也不会这样做的，有什么原因让他不能见我的呢？但是我的心里还是好奇的，假装没看见、不知道。推门出去后，径直走到柱子那里，一把拉出了一个人（当时真的没有想后果，只是想证明老板的话是不是真的）。这一拉不打紧，把我自己吓了一跳。那个人真的就是 gg！

只是 gg 变得高了、壮了，原来和我差不多高的，现在比我高了大半个头，脸的轮廓也变得分明多了。他很吃惊，可能是没有想到我会发现他。我就问他为什么要躲着我，为什么一直不去我家玩了，为什么躲在书店外面看我？他解释说：他想高中好好学习，两年前在书店看见我只是一个偶然，从书店老板那里打听到我每个周六下午会来，他就会在外面偷偷

127

清华有男初长成

地看我。我问他上个雨天为什么没来。他说他生病了。

我就骂他对我们的友谊思想不纯，才会不好意思见我。他只是苦笑，说等到有一天我开始喜欢一个人的时候就知道他的心思了。说完，任凭我怎样邀请，他都不愿去我家吃顿饭，回了自己的学校。离高考还有一个月的时间，我遇见了gg。

# 17. 和 gg 过暑假

高考前的一个月我没有联系 gg，我想他需要平静的心情。

高考完了之后，同学们之间互相走动，相邀游玩。gg 还是没有联系我，我倒是和同学玩得不亦乐乎。每次都是偷偷地溜出来和同学玩，因为爸爸极为反对我和同学们在一起，他总觉得我身边的同学很肤浅，会把我教坏。但是爸爸每天都要上班或出差，不可能天天在家里看着我练书法。他就授权妈妈看着我，可是妈妈心疼我闷得慌，每次都帮着我瞒着爸爸，爸爸突然回来的时候，妈妈就帮助我打掩护。

收到录取通知书的时候，还算满意，我考中了一所不错的学校，就是专业不是很喜欢。但是爸爸就很满意，觉得将来找工作的时候没有问题。gg 也接到了录取通知书，不是他的第一志愿，他似乎很失望。他终于肯到我们家来找我玩了，爸爸妈妈都很高兴，觉得我们俩又恢复到了以前的时光。妈妈每次在 gg 来的时候都会蒸包子，我和 gg 包包子，妈妈就在旁边看着我们笑。我的脾气还是没有改，经常欺负 gg，包包子的时候就用面粉涂 gg 的脸。gg 前半个暑假都在我们家过的，每天他都帮着妈妈做家务。那时候我突然发现自己晚上睡觉之前都会想着他，和妈妈说起他的时候语气也变了。

妈妈一天问起我："你喜欢上 gg 了？"

我脸一红，狡辩道："没有，他想得美！"

妈妈看着我："你是我生的，我还不知道你？死鸭子嘴硬。我和你爸爸又没有说你不能喜欢他，我和你爸爸一直挺喜欢他的。这个孩子虽说家境不怎么样吧，可是看得出来人品不错，将来你嫁给他，我们也就放心了。"

妈妈的话让我的心里突然明亮了起来："原来这就是喜欢一个人哪，我原来是喜欢 gg 的。我要告诉 gg，我也喜欢他！"

gg 是 8 月中旬开学，那个时候是他的生日。时间刚好撞上了，我不能帮他庆祝生日了，很遗憾。妈妈给了我 100 元钱，让我给 gg 买件生日礼物。我想了想就买了一个笔记本送了他。临行前，gg 抱着一大堆的书给我看，走的时候还不忘叮嘱："一定要看完啊！这些书不错的，这是作家们的生命，里面倾注了他们的感情。"

我果然是很认真地看书，不仅仅是因为书写得好，还有就是隔几页就有 gg 给我的留言和他的读书心得。

# *18.* 和 gg 许诺

没有去车站送 gg，怕泪水不争气地爬上脸庞，更怕自己发现自己的真实一面——多情的软弱。所以只是将手中的本子送给了 gg，并且告诉他："每当夜晚天空出现月亮的时候，他一定要仔细地看月亮旁边最亮的那颗星星。那是我的信使，传递着我最新的思念。"从此以后，只要是有月亮的夜晚，我一定仰首望天，为了我的承诺，也为了能感受到千里共婵娟的美妙意境。

知道 gg 向我许下怎样的诺言吗？"等我，等我 7 年，我会成为最出色的学生、成为最出色的男朋友。"我不知道他对最出色这3个字的真实想法，我对这3个字的想法就是无所谓出色，我只要两情相悦，同甘共苦。

gg出生的时候，是我妈妈接的生。gg刚生出来的时候情况很危险，一声不发，妈妈就使劲儿地打gg的屁股，打了好多下gg才哭出声来。gg知道这件事情后就对我说："你是替母还债，所以一定要以身相许嫁给我，谁让你妈妈当初打了我！"把这句话告诉了妈妈，妈妈笑着说："这个小子，按照他的逻辑我一辈子接了那么多的男孩子，我就要生那么多的女儿啊！要是真按照他的逻辑，我就一个女儿，那么多的男孩子就抢我们家的这一个女儿，哪轮得到他呀！"

用妈妈的话反驳gg的时候，谁知他特别自信地说："那么多男孩子怎么了？我长得最帅，最聪明，将来最有出息！"你瞧他臭屁的，从小到大就这副德性。

# 19. 听gg谈考试

进大学的第一个学期我和gg的学习状态都不是很好，总是觉得进入了大学一切都会好起来，不用再用功读书了，终于脱离了高中苦行僧式的生活了。我在江南的古镇穿梭着，有时用脚板，有时骑着破旧的自行车。雨后的青石小路抚摸着我的脚板，我学着江南的老妈妈用青巾裹头，还俏皮地折一两朵粉红小花插在耳际。没有雨巷那个有如丁香般女孩的美丽，却不失江南水乡的风情。

gg这个大大咧咧家伙所做的是什么呢？他在准备考试，考高等数学那天，gg提前很久到了考场，伏在桌子上写呀写呀。还有5分钟就要考试了，一个男生走到gg的面前："哥们，你坐错地方了，这是我的位子。"gg 一脸的不相信："哥们，这是我的号，你没见我在桌子上写了那么多的备考题?"那个男孩说："哥们，这是××楼的 1 号考场。"gg："啊!!"

原来 gg 的考场是 2 号考场! 最惨的是，1 号考场和 2 号考场不在一起，一个是学校的东端，一个在学校的西端。在剩下的 5 分钟里，学校里发生了让大家暴笑不已的事情，这件事情的男主角就是我的 gg。因为 gg 在几秒钟内作了一个决定，背着那个写满了备考题的桌子从 1 考场就往 2 考场飞奔，后面跟着那个无辜的男孩。这是我所听过的最蹩脚的作弊方案。

# 20. gg 的目标论

自从上次背着桌子被大家嘲笑了一通之后，gg 开始审视自己的考试观，虽然一直不屑于考试，可是考试毕竟是大学中的衡量成绩的最主要的手段。因此 gg 开始改变自己的策略：认真参加考试，但是平时加强逃课力度。gg 在每一次考试的前一晚开始抓人，就是抓那些号称平时不逃课的、成绩比较优秀的同学来给他恶补一通。先前几次大家还是愿意的，可是等到成绩出来之后，那些给 gg 补课的人再也不愿意帮助 gg 了。因为 gg 虽然很少上课，可是经过几天的补习，考出来的成绩比他们还要好。

一来二去的 gg 就成了同学们口中的高智商者，gg 经常被别的宿舍的人请去给他们讲一下自己的心得。gg 倒也不客气："其实我觉得一个人首先要有目标，比如说看中了一个漂亮的女孩子，不知道自己能不能追得上，但是因为确实很喜欢所以下定决心要追。如果直接追的话，大多数会阵前折翼，所以最好的办法，是和这个女孩周围的好友套近乎，切记一定要是个长得不错的女孩。运气好的话，你可以追到特别漂亮的，运气差一点，可以追到那个稍差一点的，运气太坏的话，只能说明你太差了。"

其他人似信非信，他就进一步解释："我拿着一把弓箭，想射下天空中的小鸟，此时，一定要瞄准高高在上的老鹰，把自己的初始目标定得高一些，并且为之努力，即使最后的最高目标没有实现，但是也可以实现中级目标，不会一无是处。这是自己对自己的一种激励。"呵呵，不知道他的这种道理有没有人听得进去，也不知道他是不是真的是这样做的，但我一直觉得这个目标论似乎和他的历次考试态度没有直接的联系。

# 21. gg被示爱

gg最常说的一句话就是："想我英俊潇洒、风流倜傥、貌若潘安、才比李白，为什么没有女孩子主动喜欢我呢？为什么我要和一群妖怪（他的舍友）住在一起被别人误会成猥琐男呢？"宿舍的同学是这样回答的："如果你这个潘安每天都洗脸，就会有女孩子发现，如果你这个李白每天都洗头，就会有女孩子追求。"

gg的自恋真是有目共睹啊，为此，宿舍里的人拍照的时候总是满足他的虚荣心，让他握着双拳站在中间。gg寄回来的照片每一张都如此，还不忘记在信上写一句——那个最帅的就是我。每次都打击他不帅，每次他都忿忿不平地说："为什么就你一个人觉得我不帅呢？"

gg的不洗头不洗脸的陋习，还是没有挡住他的魅力。一天他竟然收到了一个女孩子的求爱信！gg那叫一个兴奋，一个理工科的学校，见一个女生都不容易，更何况一个女生主动示爱呢？尽管心里有我，还是管不住自己的好奇，决定去看一看这个女孩子。约好了时间，洗脸洗头打领带蹭皮鞋，给我打了个电话，说明情况。说实话我对 gg 是没有多少信心的，只是插科打诨了一通，说等他的消息。没过 10 分钟，gg 打回了第 2 个电话："我决定不去了，万一她要是很丑我连拒绝的勇气都没有了，我不忍心伤她。"于是我就问："要是很漂亮呢？"gg 答："我就更不敢去了，那么漂亮的女孩子肯定有很多男孩子盯着，我要是同意了，小命就保不住了，还是不去的好。"这也算是拒绝的理由？

# 22. gg 与足球

我是不喜欢球类活动的，尤其是足球，大概是那几年中国队成绩确实不佳的缘故。可是 gg 是中国队的铁杆球迷，只要是中国队的球赛，gg 绝对要看。

gg 的宿舍里一开始没有电视，所幸宿舍旁边的小卖部里的老板也是个足球迷，所以 gg 特别喜欢去那里看球赛。一天晚上，有一场重要的赛事，可是宿舍的大门已经锁了，gg 就从宿舍的窗户跳了下来（gg 住 2 楼）。天太黑，一不注意，屁股坐到了脚上，屁股坐肿了。以后的几天是期终考试，gg 就以马步蹲式坚持考试，几场下来大汗淋漓。

以后但凡 gg 看足球，总要牺牲一点东西，这次是屁股，下次是水瓶，还有饭盒，总之 gg 不仅从精神上支持了中国队，还从肉体和物质上也支持了中国队，用 gg 的话说就是："实现了曲线报国。"

## 23. 帮 gg 减肥

gg 一直很瘦，不知为何最近拼命长肉，由 130 斤疯长到 160 斤。

gg 穿我给他买的 lee、leecooper、apple 等衣服全穿不进去时，他还撑得住。但是当单位要给他量身定做一身 8000 元皮尔·卡丹时，gg 就决定减肥了。我鄙视了 gg，骂 gg 昧良心，只认名牌。

gg 却说："给我量尺寸的是个美女，给我量腰时，一把没抱过来我的腰，不然我就软玉温香满怀。可惜，所以我要减肥。"暴打……

gg 一面狂呼，一面喊："你早给我买了，给我量了，我不就不减了？"

继续用力打……

## 24. gg 从越南回来

gg 的单位很喜欢搞一些娱乐活动，比如组织去越南玩。gg 带了很少的换洗衣服，他说去那里再买。到边境时，gg 手机不能带出境，就给我打了个电话：

"兔子，你想我给你带什么？"

我："有特色的。"

gg："嗯。"

10 天后 gg 回来了。背了一个大包。我蹦蹦跳跳地去看，拿出来一个，是拖鞋。

就问："买拖鞋干啥？"

gg："特色嘛！"

我："那也不用买 10 双啊。"

再拿出来一个：是第五大道香水，高兴。

问："你老是给我买香水呀?"

gg："里面还有好几种。"

我："那么多用不完的。"

gg："洗澡的时候倒在浴缸里。"

又拿出来一个，是香烟。

问："你不抽烟，买烟干吗?"

gg："特色嘛!"

又拿一个，是吊床。

问："北京哪有树让你吊啊?"

gg："挂我胳膊上，让你躺着。"

于是我从包里拿出了很多稀奇古怪的东西……最后拿出了钱包。

问："钱呢?"

gg："花光了，这也是特色，同事们说：'去越南东西便宜，一定要多买，所以要花光钱，不然后悔。'"

我服了，钱包里就剩 2 分钱!

# 25. 我的偷鸡不成

　　gg 睡着的时候特别可爱，有一次到 gg 家，gg 在睡觉。我就和 gg 的妈妈喂他家小狗狗（2 只）。gg 的妈妈有事情出去了，我无聊得很，看见 gg 睡得那么甜，就拿起画笔在 gg 身上画了一只小狗狗在小便。还在 gg 的脸上画了猫脸。gg 一点不知道，醒来的时候，我就忍住不笑。

　　gg 的妈妈回来就去做饭了，也没过来看我们。晚上大家吃饭，gg 从屋里出来，gg 的爸爸喝在嘴里的酒直直地喷了出来，就喷在我的脸上（我和伯父坐对面）。

最开心的是 gg。

# 26. gg 的保鲜膜

gg 一下子买了很多保鲜膜。心里很高兴，原来他要买很多的水果给我吃呀。甜蜜得不得了，就买了一个冷饮感谢他，还特地喂他。

回家后，gg 拿出保鲜膜，脱掉上衣，一圈又一圈地裹在身上。原来人家是买来减肥的，可怜我不但没吃上水果，还得拼了力气压着脚陪他减肥。

半个月下来，我瘦了 4 斤，gg 的脂肪一两没掉! gg 一气之下让我裹着保鲜膜陪他减肥。

# 27. gg 的红娘病

gg 有个男同事，27 岁了一次恋爱没谈过。同事热心介绍了一个，这位男士就带着那个女孩去吃了一个下午的面，没挪窝。下次再约人家，女孩死活不来了。大家都觉得男孩子太木讷、死板。

gg 是个特别热心的人，看不过身边的男孩子没有女朋友，就决定自己给男孩子介绍一个。几番联系，几番挑选，终于定下了人选。

见了面，约会，第 5 天，就擦出了实质性的火花，俩人关系发生了实质性的变化。所有人都不相信，一个那么老实的男孩子咋就那么快呢?

gg 很委屈对我说:"兔子，早知道我也 27 岁再追你。认识你 5 天就……"

gg 第一次红娘任务完成得很漂亮，以后只要单位来了单身的男女，gg 总是嘴痒痒。不过在 gg 的努力介绍、撮合下成了 3 对呢！其实我一直觉得他搞的是硬摊派，因为他会帮助男孩子收服女孩子。他一直郁闷的就是他支给别人的招百试不爽，一到他用在我身上就失效了。

# 28. gg 去了五星级

gg 去参加庆功宴，吃饭前，发短信来说：服务小姐真好，领导讲话真长，我的肚子真饿，同事英语真牛。

吃完饭，又发短信：服务小姐真漂亮，领导笑容真虚假，我的肚子真够大，同事酒量真可怕。

睡觉之前，再发短信：服务小姐要小费，领导干部要职位，我就想要你捶背，同事继续卡拉 OK。

今早起来，又收到一条：我们结婚去五星级，我们拍照挑最贵的，我们旅游去欧洲，我们新房要别墅，等我赚到钱的再说。

看来 gg 受刺激了。

# 29. gg 的西游记论

和 gg 看张卫健版的《西游记》，gg 对这部片子赞不绝口我没有意见，有意见的是 gg 竟然最喜欢里面的猪八戒。这一点是我不能接受的，因为这部片子里的猪八戒取经之心最不诚，而且还喜欢金钱女色、好吃懒做、背后打孙悟空的小报告、欺负沙僧和阿谀奉承唐僧。在三打白骨精的时候猪八戒的这些特点充分地体现了出来，这也是我最讨厌猪八戒的时候，因为他在唐僧面前的添油加醋更加促使了唐僧与孙悟空的决裂。

gg却给我分析了《西游记》里"三打白骨精"这一段的师徒关系。在"三打白骨精"这一段，是唐僧和孙悟空师徒关系发生根本性转变的关键——

**孙悟空：**

孙悟空，法术最强，火眼金睛能够一眼看清事物本质，除妖降魔之心坚定。但是，他脾气火暴、好勇斗狠、不太懂得尊重师傅、甚至有些野性未驯。之前作为领导者唐僧不懂得充分授权给各方面能力很强的孙悟空，想用又不放心，怕孙悟空犯错，犯了一个大忌：用人不疑，疑人不用。导致孙悟空一路走来非常地郁闷，对师傅有救命之恩的报答之心，可是还有很多的不服气和被压制的苦恼。作为唐僧的大弟子，对于师傅的不信任最伤心，在三打白骨精的时候孙悟空遭受了很多的不理解，导致这种心情一瞬间爆发出来了。被逐出师门去而复返的孙悟空，学会了收敛自己的乖张，在此后的处事中学会了圆滑，事事事先请示师傅，得到了唐僧的信任后，有了充分的执行权。

**唐僧：**

唐僧无疑是一个领导，目的性强、意志力强，但是，为人过于善良、迂腐、易轻信他人。唐僧是希望3个徒弟一心向佛的，其实也希望3个徒弟充分地尊重他，对于孙悟空的傲气和本领是有所不满的，他最气的就是孙悟空不尊重自己和自己的位置，仗着有一身本领、几分能力就对领导不服，对于领导的命令不听不从。他最喜欢的人，在此时此刻是猪八戒，猪八戒在唐僧看来最识时务，最听自己的话。但是三打白骨精的时候，唐僧吃尽了自己不相信孙悟空种下的果子，学会了相信自己的徒弟，懂得了授权给孙悟空，自己只做一个精神上的领袖。

**猪八戒：**

猪八戒好吃懒做、牙尖嘴滑、爱美色重钱财，但是为人圆滑、尊重师傅、善于外交。猪八戒的毛病其实大家都知道，除妖的能力还可以，左右逢源、世故圆滑、外交手段高超，最大的本领就是对唐僧充分尊重，说说笑话逗唐僧开心，一路上唐僧对猪八戒的忍耐是最多的，因为他知道，没有猪八戒，这段取经路会变得很无聊，作为一个行政单位也好、企业办公室也罢，一个领导者身边总是缺不了像猪八戒这样的人，猪八戒之所以成为时下女孩老公的最佳人选，也就不足为奇了。因为能力强的人很多，但是这种人往往因为人际关系的处理不当而怀才不遇，这种人往往由于傲气和自信对自己的领导不够尊敬，导致和领导关系非常糟糕，猪八戒的能力是有的，还懂得处事圆滑就是他的生存之道，这种人在哪里都能吃得开，因为领导喜欢这样的人。

**沙僧：**

沙僧是4人中除唐僧之外最具有取经之心的人，而且忠厚老实、正直诚恳，他尊重师傅、佩服大师兄、畏惧二师兄，为人心胸宽阔，人缘颇佳。但是法力实在有限，经常被妖怪把他和唐僧一起抓走。沙僧是个最具有职业精神的人、他的执行能力很强，但是到关键时刻没有自己的主张。

在《对话》节目中，也曾经有一位企业界的巨子评论过师徒四人的关系，觉得这样的组合方式才能最终使这个团队取得真经，完成大业。gg看对话节目看多了，也受了影响。gg

的用人观就是：最好的投资就是给人投资；gg 的婚姻观是：丈夫的感情投入一定要先于妻子而多于妻子；gg 的友情观是：情多于利，义大于益。一个这样的 gg 让人又喜又忧。

## *30.* gg 的生如夏花

朴树的《生如夏花》最近才传到 gg 的耳朵，那一句"我在这里啊，就在这里啊"简直让 gg 着了迷，每天没事儿就哼哼。不过今天他倒是没哼几句，因为今天我和 gg、弟弟妹妹到北京的一个人工痕迹不多的景区游玩。

这个地方叫做天龙潭，位于昌平区南口镇龙潭村。我们驱车近两个小时才到山下，这里山水相绕，风景宜人。只是因为少有人工开发，所以没有上山的路和台阶，我们每个人握着一根树枝，一路上山。山谷中的路很是难走，山气氤氲，很担心有飞虫蛇蚁。一路走来很是紧张，山间突然有一物在动，我大叫一声："什么东西！"

gg 仔细去看，原来是附近老农的一头驴。真是吓坏我了，对于没有攀山经验的我来说，最紧张这次带着探险味道的游玩。不去管那头毛驴，继续上山，gg 此时突然想起了那句"我在这里啊，就在这里啊"，一路走一路唱。两个小时后我们从山上下来，再次经过有驴的草地。我就问："刚才那头驴呢？"大家正四处张望，gg 忽然脱口而出："我在这里啊，就在这里啊。"一副陶醉的样子，我们哄笑。

## *31.* 和 gg 比肌肉

gg 的身材适中，胸部的肌肉很发达，这令他自己很兴奋，经常抱着胳膊向我炫耀。还时不时地笑话我："你看你，胳膊上的全是脂肪，就算是有肌肉也马上要脂肪化了。"我就忍不住反击："你看你，胸部长得男不男女不女，马上长到 B 罩杯了，比一些女孩子的还大！"gg 无话了。

可是前几天去北海公园玩的时候，我们去寺庙烧香，gg 无意间发现好几个神像是雌雄同体的，就向我炫耀："你看你看，连神都是雌雄同体，说明雌雄同体的都是神仙。"我不服："听说一些人妖就是雌雄同体的呢，你是人妖吗?"gg 不服："人妖也是人，你不要有种族歧视！我就觉得人妖挺好的，整合了两性的优点。"

我就说："那好，既然你那么喜欢人妖，我改天就去做个手术，上面是女人，下面是男人，你要是敢不娶我，我就阉了你！"gg 自此再也不提人妖，再也不敢向我炫耀他鼓起的胸部肌肉。

## 32. gg 幸运的手指

gg 的单位来了个牛人，gg 接到上级命令：负责购置这个牛人办公室的设施，大到紫檀家具、高级浴缸、高品质笔记本电脑，小到卫生间的卫生纸、休闲区的牙签。

牛人的办公室足足有三百多平方米，gg 购置了整整一个星期，上级还是不满意："东西要挑最贵的买，不要担心钱，先买了再说。"gg 就很郁闷："一个临时的办公室，还不是正式的，花那么多的钱不是浪费吗? 半年之后他搬到正式办公室了，临时办公室里的东西怎么办? 如果一同搬走了倒也值得的。"上级说："不搬走，到时候重新买。"gg 更郁闷："这不是折腾人吗，牛人就是牛人，连上万元的东西都要用得使之一次性化。"

gg 回来就在那里感慨："人哪，就是不一样，我就是一个小人物，所以只能给大人物鞍前马后。牛人的东西啥都贵，但是厕纸总不能贵得离谱吧！我就买了一般的。"忽然 gg 话锋一转："我告诉你，手纸上留下了我的指纹，牛人擦屁股时，岂不是等于我的手指摸到了牛人的屁眼？靠！小人物真是可怜。"

你瞧他的论断，按此例来推论，大家都不要活了。

# 33. 和 gg 吃比萨

一日突然心血来潮，gg 一定要请我吃比萨。我们点了一个三人一份的套餐，3 个鸡翅，一份沙拉，一瓶可乐，一个 9 寸的比萨。两副刀叉刚上桌，我就皱了皱眉头："我用不惯刀叉，gg 你去看看有没有筷子一类的。"gg 看了看我，走到点餐台："小姐，你们这里有没有一次性筷子啊？"小姐莫名其妙地看了看 gg："对不起，先生，我们这里不提供筷子。"

gg 转身回来，对我说："兔子，用我的手吧，有 10 根手指，不比两根筷子管用啊？"我看了看 gg 的手，笑了笑，就对小姐喊道："小姐，你们这里有浓硫酸吗？"小姐大吃一惊，不知道我们这两个客人还会要些什么奇怪的东西。她的心里肯定想："这两个人不是白痴就是来找碴的。"周围的食客都朝我们俩投过来莫名其妙的眼神。gg 很不好意思地冲大家点点头，然后大声对我说："小姑奶奶，你就不能要个别的消毒水？浓硫酸成本太高，人家店里是要赚钱的！"

以下吃饭的 30 分钟，坐在我们邻座的两桌客人有两种状态：左边的客人匆匆吃了几口就打包走了；右边的那桌倒还好，是 4 个年轻的香港人，两男两女，其中一个男的一直在盯着我那拿着鸡翅膀的手。服务小姐匆匆给我们上齐了餐就站得远远地看着我们。

# 34. 和 gg 去咖啡厅

很少喝咖啡的我，是个茶迷。gg 比我还要迷茶，并且喝得还有理有据：茶一杯叫品，两杯叫饮，三杯叫饮（四声）。我最喜欢喝碧螺春和云雾茶，他最喜欢喝龙井。平时到哪里都会带着一小杯茶叶的 gg，经常告诉我："兔子，你知道吗？孕妇不宜喝茶，但是要常用茶水漱口以补充口腔中的钙的需要。你以后也要随身带着茶，知道吗？"虽然一直没有机会因为怀孕而随身带茶，但是办公桌上一直都没有缺了每一年的新茶。

gg 的单位旁边有一间咖啡厅，生意一直不错，但是我们两个从来没有去过。一天几位好朋友聚会，我们也就打算换一换口味，去了那间店。因为天生不喜欢苦的东西，所以点咖啡的时候，我点了一杯香草咖啡，还加了很多的糖。朋友们大都点了卡布奇诺或者苦咖啡，而 gg 点了一杯黑咖啡，又犹豫了一下，多点了一杯薄荷口味的果茶。我们一边聊天一边喝咖啡，gg 显得心不在焉。

他的举动哪能逃出我的眼睛呢？我看看他的桌子下的手，只见他喝一口咖啡，手就在桌子底下紧握一下。他的手里握的是刚进门的时候老板娘送的一张打折宣传单。看得出 gg 实在不喜欢喝咖啡，我就主动和 gg 换了手中的咖啡，还给他加了些糖。快要结账的时候，老板娘很热情地来询问我们对这家店的咖啡和服务的印象。gg 忍不住地说："老板娘，你家服务还好，就是你家咖啡太苦了，比药还苦啊！"一句话说得老板娘哭笑不得。

老板娘说："这位先生不喜欢喝苦咖啡，可以点一些味道比较清淡的，或者加一些糖就会好多了。"没一会儿，老板娘就差人送了一份果盘来，我们都说老板娘很会做生意，就冲着这份热情，我们也要多来。gg 苦着脸，说："下次聚会只要不来这儿，我就买单。"我们几个对了一下眼神，对着 gg 说："这可是你说得啊！"那天晚上我们就跑到一家海鲜店点了一大堆的东西，狠狠地宰了 gg 一顿。gg 付账的时候对我说："你又何苦榨干我的钱包呢？留着钱还要买个窝给你住呢？本来要买个 100 多平方米的，现在这个花法，只够买个狗棚子给你趴着了。"

## 35. 和 gg 参加同事婚礼

gg 的同事结婚了，gg 带着我应邀参加。席间 gg 的上司笑问我俩："你们什么时候解决个人问题啊？你们也老大不小了，能早点就早点吧，我们还等着喝你们俩的喜酒呢？这样吧，今年 10 月 1 日是个不错的日子，你们就在那天领证请客吧！"大家都跟着"是呀是呀"的，特别起劲，说得上司很高兴："你们结婚的时候我出双份礼。"

回来就说 gg："没事别再带我去参加这种宴会了，人又多嘴又杂，连结婚的日子都帮我们定了。"gg 嘿嘿一笑，神神秘秘地说："你还不知道呢，头刚知道我和你的事情的时候，一个劲儿地怂恿我先把生米煮成熟饭呢。"我："什么意思?"gg："就是先同居，之后你就跑也跑不掉了。"

下次去 gg 的单位，一看见他的那位领导我就躲得远远的。可是每一次都是被他发现："你又来了？你要好好管教你男朋友啊，要把他的钱全部没收掉，呵呵，这可是掌握生杀大权啊。"这个领导，真是精力旺盛，关心下属没的说，而且还是尽心尽力的那种。gg 经常把领导的"指示"带回来，每一次都是新主意。我对这位领导真是又喜又忧，幸亏不是我老爸，不然我的事情没得自己做主的份了。

# 36. 和 gg 的第一次吵架

一直认为和 gg 的相处不会遇到什么情敌之类的事件，可是事与愿违，偏偏遇上了，一遇就是惊天动地的那种。不是我俩的惊天动地，是对方的寻死觅活。事情是这样的，gg 在大学里面因为一直对我"心怀不轨"，所以没有和别的女孩子谈恋爱。惟有一次遇到了一个特别牛的女孩子，吸引住了 gg 的目光，刚要放弃对我的等待向她告白时，那个女孩子毫不犹豫地拒绝了。

毕业后，gg 到了北京，那个女孩子也到了北京继续在某大学读研。一年里，对 gg 是时冷时热的，也不知道把 gg 当成什么。一年后 gg 已经与我重逢，我俩毫不犹豫地燃起了凶猛的火焰。女孩一开始还撑得住，认为我和 gg 不可能成事。后来当 gg 宣布我俩正式的关系后，女孩子终于忍不住了。她和自己的男朋友说了分手，转而来追求 gg。

可怜的就是傻乎乎的我，到那个女孩子哭着打电话给 gg 以死相要挟的时候我都不知道。事情就是那么凑巧，我们一大群人在一起聚会的时候，她打来了电话，非得要 gg 打的过去看她，要不就不活了。任何一个正常的人，当时都会怀疑他们的关系，但是我没有怀疑 gg。可能我是不正常的，但是我就是选择相信他，所以我让 gg 自己选择去还是不去。耿直而善良的 gg 竟然很着急，生怕对方真的做出傻事，一个劲儿地问我："我去了，你不要生气好不好？我和她真的没什么，我只是怕她出事。她在这个城市没有一个朋友，要是真的犯傻，我会内疚的。"

我选择只说一句："你要想好了，我不赞同你去。"

gg 还是坐上了出租车，而我也当众做出一个决定："这个男朋友我不要了。"朋友们很着急，拉着我不让我走，并且拨通了 gg 的电话。gg 又急急忙忙地跑了回来，还不忘记让自己的朋友去看那个女孩究竟怎样了。面对回来的 gg 我就说了一句话："你信不信，你去她的屋子里她做的第一件事情就是抱着你哭？而按照你的滥好人的性格，你是不会推开的，下面就看那个女孩子想要干什么了。"gg 急忙解释："怎么会呢？她不会抱着我的。但是如果她真的抱着我哭，我想我是不会推开的。"

我的怒火一下子烧了起来："你回来干嘛？就是告诉我你不会推开她？还是要告诉我我在无理取闹？不信咱们就在这里等，你不是让你的哥们儿去了吗？看他回来怎么说！"gg："她不会这样做的，我已经有女朋友了，她怎么也得自我尊重一下。"我简直快被他的木头脑袋气死了："要是她真的不在乎你，真的自己尊重自己，就不会哭得快断气似地找你了。"于是，我们就在那里等 gg 的朋友回来，gg 的朋友一直没有回来，一直到第 2 天。gg 的朋友憔悴不堪地回来了，第一句话就是："你交的什么朋友?! 真是莫名其妙！"

原来那个男孩子去了之后，发现女孩宿舍的人全部都在那个周末回家，宿舍里就剩那个女孩。女孩子看见 gg 没去，就扑在那个男孩子的怀里哭，晚上死活都不让他走，男孩子和衣抱了她整整一个晚上！gg 特别地生气：一直认为这个女孩子高傲、冰清玉洁，没想到做起事情来是那么不道义。可是面对爱情，谁又能让自己真正理性起来？我不怪那个女孩子，也不能怪 gg，只是想告诉那个女孩子：喜欢你的人你不喜欢，你偏偏喜欢已经有了心上人的。痛苦也就是自己找的了，我无能为力，我不能把自己的爱情让给你，尽管我很同情你。

　　gg 突然变得很乖，可能是那天我说的话成为现实了让他接受不了，可是我真的想说：虽然在我走过的 20 多年中没有多少恋爱的经验，但是看到太多身边女子与男友分分合合，多少比较了解女孩子。所以请相信我，面对情敌的时候我的恼怒和无言真的是无可奈何。有的时候我不想成为自己不努力的失败者；我不想容颜老去回忆一生的起伏和感情纠葛时，我追悔莫及。当我面对这一切的时候，我会努力争取，只要对方让我觉得他是我值得为他这样做的，我不会轻言放弃。

# *37.* gg 没有方向感

　　gg 没有方向感，可是却很喜欢带路。和 gg 去陌生地最惨，因为他的错误判断和固执专断能让你走路走得累死。一次和 gg 去房山某地，早几天就吩咐 gg 查地图，查路线。gg 老早就信誓旦旦地说："准没问题，我查得清清楚楚！"

　　我们按照计划出发了，去的时候很顺利。游玩了一通到了晚上，我们坐车往回走，到了一站，gg 说："下车，转车。"我就随他下了车，可是下了车才发现根本就没有别的车好转，只有这辆车才在这一站停。而且我们坐的是这路车的末班车，那叫一个衰。在高速公路旁下的，前不着村后不着店，一片漆黑。我心里很害怕，gg 也挺害怕的，他握我的手抖得让我更

147

害怕。这个时候，我们只有硬着头皮往城里走。

走了没有几分钟，四周还是一片漆黑。就听见后面有人说话，一开始还很高兴遇到同类，后来就不敢高兴了，因为听出是两个男人，说着粗口，特别的粗俗。走得近了，更是发现他们流里流气。我弯腰在地上捡了一块大石头，心里想："要是出事，我砸不死对方也要咬死对方。"gg 紧张地拉着我就跑，后面的两个人疯狂地追，一边追一边吹着口哨狂叫。

gg 一边跑一边对我说："兔子，你先跑吧，我留下来还能撑一会，够你逃跑的。"可是回头看了看那两个人的速度，gg 又说："兔子，今晚我们逃不掉了，我死也不让他们碰你。"我把石头递给了 gg，自己又弯腰捡了一块。我的手和 gg 的手紧紧地握在了一起，我想：死也要死在一起！幸运的是，旁边开过来一辆出租车，我们招手上了车，心悸未平。司机说："我看见两个人在追你们，就开过来了，你们俩怎么走那么黑的夜路！要是出事怎么办？"

从那以后，gg 再也不晚上带我出去玩了。北京的夜生活和兔子之间产生了难以逾越的鸿沟。

**我的特征：**

地球人，女，24岁，三流大学末流专业毕业。

性格开朗暴戾，随身携带一块板砖。

运气颇佳，经常吃天上掉下的馅儿饼。

爱好看搞笑电影和漫画，喜欢到水木清华用原创灌水。

喜欢学习，记性很好，就是不会背诗和唱歌，人称"改诗跑调大王"。

# 1. 驾照

看着别人开车很羡慕，我就跑到考驾照的某某中心，站在队尾。等到报名的时候，对方看看我，爱理不理的说："要满18岁，这是谁家的孩子？"我啥都没说，笑了笑，用头砸碎了随身带的一块砖，横横地说："我17了！"对方看看我，颤颤地说："现在报名年龄降至17岁。"我就顺利地报了名。

进了屋子，考官说："已经会开车的请举手。"有90%的人举手了，我就奇了怪了："会开车了还来驾校干吗？"考官数了数人数，登记了一下，每个人发了一个证："好，你们拿到驾照了，可以走了。"我和另外几个没举手的被留了下来。考官把我们带到了一间教室，说："现在我们来考试！"他拿出了一个纸板，上面是一个红红的圆圈，中间有一道红杠。他问："这是什么标志？"一位同学抢答："停车！"考官说："好，你及格了，出去领驾照吧。"考官又拿出几个纸牌，大家都抢答，就剩下了我。考官拿出一个红红的三角形，中间有个大弯的箭头，问我："这是什么？"我很高兴自己知道啊，赶紧回答："三角形！"

考官说："你的基础不好，必须车考。"于是我就被带到了练车场，结果车场空荡荡的。考官指了指旁边的一辆自行车："对不起了，汽车都拉去维修了，只有这辆车了，凑合凑合吧。"我戴上头盔，骑在车上等着教练发口令。教练说："等一下，我先去一趟厕所。"我就等了2个小时，都睡着了。后来教练回来了，就给了我一个本本："你通过了，要好好开车呀。"我特别高兴，就回来买了一辆车，晚上没人的时候在马路上开。轰隆一声，我撞倒一个人。我从车轮子下面把他拉出来的时候，发现他就是考官。

# 2. 教师资格证

小的时候就觉得做老师很爽，可以随便打人，还光明正大地被称之为"严师出高徒"。后来知道做老师要个资格证，我就去报名了。报名的时候，报考官说："不漂亮的不要，不帅的不要，已经结婚的不要，有孩子的不要，没钱的不要，不年轻的不要，老爸不是市长级的不要，老妈不温柔的不要。"乖乖，门槛那么高啊！

我就跑到第一个大声说："我以前很漂亮可是昨晚中风嘴歪了，我没有结婚但是同居很久了，我没有孩子但是怀孕了，我曾经有钱但是被那个负心汉卷跑了，我很年轻这一点直到现在还能看出来，我老爸立志要做市长可惜一直没如愿，我妈妈很温柔只把人打残废了从来没出过人命。"报名管看看我："不错，很有当老师的潜质，给你一个机会。"

我拿着这个得来不易的机会，回家复习了。每天练得不是铁砂掌就是降龙十八掌，不是连环腿就是红烧鸡腿。一个月后我就去考试了。考官拿着一大堆试卷进来了，教室里坐满了40多个人。考官就问："你们知道试卷有多少张吗？"我们答："不知道！"老官说："好！你们都没有作弊，可以把参考书拿出来放在桌子上了。"考官开始发试卷，发着发着就不

知道每个人发几张了。我们就帮着考官发，结果到了时间结束也没发完。考官说："大家辛苦了，大家都过了。"

我就这样拿到了教师资格证。

# 3. C罩

进入轮回，上帝说："下辈子你要做女人，你现在开始选择自己的身体和命运。漂亮的命运多舛，一般的生活平淡，丑的好坏参半。"我决定选张漂亮的脸蛋。但是上帝又说："如果你选了漂亮的身材，你的命运会更多舛。我想了想决定选个腰粗壮一点，但是要个C罩的。

我选C罩的原因是腰太粗，A罩B罩凸显不出我是个女人，D又太重，必须后座力强，才不会被坠倒，让我一辈子端着太痛苦了。"选完了，上帝就说："这可都是你选的，到了人间可不许不知足，不要整天喊着减肥瘦身的。要不然我收回你的腰也收回你的罩杯！"于是我就被上帝从云端推了下来。

醒来的时候，发现我躺在了一个很大的猪圈里，我的妈妈是头猪。上帝这个老家伙！昨晚喝多了酒，把我推错了地方！我长大了点，就被卖了，大家都说这头猪长得很漂亮，双眼皮、樱桃嘴、细皮嫩肉。我被一辆大卡车载到了中国的首都——北京。经过大街上的时候，我看见一家卖减肥产品的店门前人满为患，我就喊："上帝收回你们的腰也会收回罩杯的！"可是运猪的人抽了我一鞭子："叫什么叫！再漂亮还是头猪！"

## 4. 营业执照

做一份工觉得买不起房子，身边有个同事老说："你的工资水平，人家银行都不会给你贷款的。"想来想去该去做点生意，学着人家摆地摊。遇到城管，城管说："你有卫生许可证吗？"

我很奇怪："我是卖饰品的，要卫生许可证干什么？"城管不理我，继续问下一个摊位："你有珠宝证明吗？"我的邻居很委屈："先生，我是卖凉粉的，要珠宝证明干什么？"城管还不管："你们两个的东西不许卖，手续不齐全，跟我走，到了大队老实交代。"

我和那个卖凉粉的就被带到了大队，关在了一个房间里，因为我们老是拿着自己的各自证明叫唤。后来我们被关了3天，决定互相换一下证明。城管来了，看看我们手中的证明说："嗯，合格，你们可以办营业执照了。对了，你们来这里干什么？不是办营业执照吗？"

我们啥都没说，就想要回自己的货。城管说："你的那个水晶黄金被我们同事吃了，要不回来了。你的那个凉粉是饰品没法吃，可以还给你，可是都臭了。"我就和那个卖凉粉的拿了各自的一个营业执照，可是回来后就不做生意了。

## 5. 毕业照

好不容易要大学毕业了，学校里说要给每个人拍一个数码照。我也不知道有啥用，但是听说用途特别大，我就去拍了。班长说："这个照片要放在网上的，供别人查找。"我就想一定要拍个漂亮点的，所以就去洗了洗头发。

到了拍照的屋子里，拍照的师傅让我们拿了一张牌子，上面写上自己的姓名、性别和是否漂亮（英俊），写完后我们就站成一排靠在墙边。墙上写着"毕业可耻、留级交费、拍照站队"的口号。这个口号的下面画满了刻度线，似乎是测身高的。拍照的师傅说："正面，左转，右转，好，带下去。"

走到门口的时候，班长说："每个人交拍照费40块钱！"我们都很吃惊："不是说好了20块吗？"班长一听特别生气："那只是拍照的费用，还有我的引导费、表情费、拍照师傅的语言费呢？快交，不然不给你们照片，你们没法贴在毕业证和学位证上。"于是大多数人就多拿出了20块钱，可是我的身上只有20元钱，没有其他多余的钱。万般无奈之下，就凑到班长面前说："班长，借我20块钱。"班长不借。我只好亲密地趴在他的耳朵边上说："不借我就把你尿床的事情说出来！"班长借了我20块钱，我就拿到了毕业照。

## 6. 职业经理人培训合格证

在报纸上看见了CXO的种种头衔，心痒不已。就想自己也去拿一个，不管怎么样，将来自己多会几样不会失业啊。想了想就报了一个职业经理人培训班。

日头很大，我每天骑着40块钱买的二手自行车从家里赶到班上，基本上每天能把吃进去的脂肪消耗了。到了班上考试的时候，监考老师让每个人举起了自己的手臂。看了看，点了几个人让他们出去了。接着又点了一批，最后就剩下我和几个身体瘦弱的人。老师语重心长地对我们说："同志们哪，我知道你们每天不容易，可是要想想，一个职业经理人要有充足的资源，并且有整合各种资源的能力。换句话说就是，站在人群中振臂一呼能够四方呼应。你看你们胳膊不够粗，站在人群中振臂一呼，没人看到啊？"

真是"听君一席话，胜读十年书"，我回家拼命地锻炼，拼命地读书。半年后，我就拿到了职业经理人培训合格证，还意外地拿到了健美教练证，真是一举两得呀！我不怕失业了，我可以站在人群中拼命挥手了，因为我的手臂够粗！

# 7. 工作照

单位搬进了新的大楼，每个门上都没有钥匙孔。头就说："没有钥匙，更没有孔插，我们怎么进去呢?"有个同事出了个主意："安上门禁吧！还可以考勤。嘿嘿……"

这个天杀的，门禁就门禁好了，还要这样考勤。我就没有什么了，因为每天我都提前到办公室。可怜我的有些同事们，他们每天晚来早走的，真的很辛苦啊。还好，可以代为刷卡，刚想到这，那个天杀的又说："工作证上要扫描照片，不要现成的照片，防止有人代刷。"

于是我们就去拍数码照了，拍照的同事把我们的照片存在数据库中，手痒的时候就把照片调出来折磨照片。一会儿扭曲、一会儿扩大。有几张被折磨成猪和狐狸的形状，那个被折磨成猪的照片是我的。同事玩着玩着就忘记改回来了，打印时是成批量的，1000多张一起打，一起发。我拿到了那个像猪的工作证。

第一天拿着工作证到大楼口刷卡，结果门卫不让进，说我不是照片上的人。争执了2分钟，门口站了两个人不让进。一个是我，一个是那个像狐狸的。第二天，我只好把自己化装成一头猪来刷卡。就听门卫说："昨天有个人拿着你的卡冒充你，我没让她进。"

我就拿着这样的工作证上了无数个班，妈妈说要看看我的工作证，我没敢给她，怕她经受不住我不上像的打击。

## 8. 护照

人生好短。不知不觉我就走完了人生的近1/3，这1/3还是有很多时光浪费在了懵懂无知上了。有时候做梦突然醒来特别难受，感觉时间从我的脸上抚过，留下匆匆但是真实的触感，而我却只能任它溜走。惟一能做的就是延长自己单位时间内做事的数量。最想的就是出去走走，国内走的差不多了，想去国外看看。

出去要办护照，不知道需要哪些手续。是参加旅游团还是以学习为理由呢？想了想先去各国大使馆问一问去哪里。选择了号称强国的某国大使馆，可是我不会这个国家的语言。到门口的时候，我做了一个挺胸、收腹、高抬头、斜视门卫的动作就进去了。看了周围走动的生物，全部都带着这个国家的味道——征战的傲气和霸气。突然想起来这个国家的导弹"碰巧"轰过我国的大使馆，我就想我也要干点什么，于是随手拿了一个厕所里的拖把沾了点狗粪。一边走一边糊，糊在经过的狗身上，糊在正好站在门口的官员身上，还糊在刚好来我国访问的该国首脑的脸上，一路糊下去……

我被请进了办公室了，因为对方实在不愿意我继续糊下去。一盏很亮的灯照着我的脸，可是我的皮肤很好，就这样都没看出毛孔。一个英俊的男人冲我摩拳擦掌，可是我真的听不懂他说什么。后来我就说："我想去你们国家收狗粪和粉刷墙。"对方似乎很高兴，就给我了一个护照。

我就拿着这个护照到了这个国家，还带着一个拖把。我满世界地在大街上糊狗屎，这个工作很伟大，到现在我还在糊着。

# 9. 计算机等级证

北京说："必须要计算机过二级才有进京资格！"这可是一道高槛啊，没办法，我还是要过的。

求着计算机老师让我报了名，回来后就拼命复习。考试那天紧张极了，因为考试分为笔试和机试，我两样都不行。先是笔试，我们刚进考场，考官就说："试卷让我弄丢了，改为现场口试。"

老师问的第一个问题是："计算机和老母鸡哪一个能下蛋？"有个同学答对了，直接出去机试。老师问的第二个问题是："计算机染上病毒要不要吃药打针？"又有人答对了。我急得不得了。好不容易老师问了第三个问题："计算机和算盘那个计算更快？"我一举手："算盘！"老师问："为什么？"我理直气壮地说："因为我不会用计算机！"话音刚落，所有人都晕倒了。我就跑出去参加机试了。

机房里好多机器。老师说："第一道题是开机。大家悉悉索索地开机。我就用随身携带的板砖拍开了桌面上那个像窗口的家伙。大叫："老师，开开了！"老师直接就在讲台上晕倒了。

我兴奋地跑到讲台上拿了一个证，写上了自己的名字和成绩。我考了个优哎，我拿着这个证进了北京。

# 10. 身份证

除非你是黑户，否则你就应该有自己的身份证。就像养狗的怕自己的狗丢失，在狗的脖子上写上它的名字和主人的名字。这种狗就是有身份的，因为主人还给它在城市里开了户。就算是在狗群中，它不仅是公狗或母狗，它还有其他的身份，比如父亲。这是狗的社会属性。

人也一样，就算是光溜溜地躺在被窝里他（她）还是受着诸多约束的。睡在别墅里的人和睡在天桥下的人就是不一样。为了证明我也有社会属性，我要办身份证。

去拍照的时候，人家说要大头照。我就很担心我头不大怎么办？想了想，就在大街上砸碎了一个大商场的玻璃。不到5分钟，我就被警察带走了。询问我的身份，因为没有身份证我没敢说，只是沉默。他们看我不说话就拿了把尺子敲我的头。不一会儿，我的头和脸就肿得像个包子了。这一下我可高兴了，终于可以办身份证了，我的头足够大了，他们真有办法呀。我就说："很多人头都不够大，下次我带着他们砸玻璃，来给你们敲头，就足够拍身份证照片了。"警察就说我是疯子，把我放了。

我去拍照了，拍照的师傅说："肿得太厉害，好点再来吧。"我很愁，下次砸什么才能被抓进去呢？就求师傅给我拍。师傅给我拍了之后我就有身份证了，我高兴得不得了。可是过了几天，当我拿着身份证出来的时候，我又被扣了，因为他们说身份证上的人不是我。我又开始郁闷。

又想了想，召集了一堆头小的，聚集到那家大商场门口砸玻璃。商场经理也没报警，用车拉了一堆玻璃让我们砸。我砸得累了，就回去了。

我有个身份证，可是没人认得那个是我。突然想起拍照师傅认识我，就去找他，可是师傅说："不要用别人的身份证，要给自己办一个。"

## 11. 放屁许可证

有的人天生就喜欢肆无忌惮地放屁。只是大多数人放屁让人觉得尴尬和厌烦，而有的人放出来的屁让其他的某些人乐此不疲地拍来拍去。这些人恨不得把放屁者的屁比作是人间美味、仙露琼浆。自己呢？面对比自己高大的，就是有屁也要忍着；对比自己矮小的，就是没屁也要扭出一个来。

我也想肆无忌惮地放屁，又有谁不想呢？毕竟这屁就像呼吸一样啊。那天在办公室里有个屁不敢放，硬生生地憋着，因为领导在呀，哪有我们放屁的道理？好不容易等领导走了，我才舒畅痛快地放出来，一放不打紧，把我自己的裤子呲出个洞来，害得我不停地反省自己："领导不让你放屁是有理由的，你看你，不听领导的话，落得这个下场！"

听说办个放屁许可证就可以放屁了，但是不是一般人可以办的。于是就打电话回家问爸爸妈妈，我家里有没有什么拐了十八弯的亲戚有权啊？爸爸妈妈说没有。接着就问我要干啥，听说我要办个放屁许可证，可把他们吓坏了："孩子呀，这可不是咱可以办的呀，你就别让你爸你妈操心了！"嘴上应着父母心里可不愿意呀，偷偷地到处打听。

和几个朋友打麻将，我的对家情不自禁地放了个屁。我们都还没说话，他先开了口："最近日子过得好啊，放个屁都油裤子呀！"这是在私下，我们没有告发他，但是办放屁许可证的心情是越来越迫切。

好不容易找到了个机会，可以报考参加放屁考试，就有机会拿到许可证。经过一轮轮的审核，比如身份、户口、收入水平、家庭背景、政治成分等等。我终于考到了最后一轮——屁测。前三个考题是：

1. 请在一分钟内连放 10 个屁，5 长 5 短；
2. 请放开心、委屈、兴奋、感激的屁各 2 个；
3. 请连续憋住想放的屁 5 个。

由于我在家里准备了很久，我顺利地过了前三关。最后一关是现场考试：一位牛轰轰的人在那里，我们要放一些让他哈哈大笑的屁，才算过关。我使尽了力气终是没有放出来，无奈之下，拿了一些巴豆吞了下去，喝了一碗昧心水。这一放，缠绵不绝，惹得众人无限敬仰。我非常顺利地拿了这个放屁许可证。

# 12. 试用期合格证

好不容易找到一个工作，身边的人都是牛人。头就和我说："你看你一个小本科，能进这种单位已经是很不容易了。身边的人都是高素质的，你一定要加强学习呀。"我就拼命地学习、拼命地做事情。另一个头又说了："我们要的是专业的人才，你做事情一定要职业，职业知不知道？像我这样就叫做职业！"

我唯唯诺诺谛听着，除了私下里指着一棵柳树大骂"你职业个屁"之外，就是拿头去敲碎随身带的砖头。头说："按照这个版式去给个牛人做名片吧，一定要事先拿样片给我，我要校对一下。"我就去做了。当天就拿着名片社出的样片回来了，交给了头。头看了一个星期，最后提出了一个修改意见："单位名称变大一点。"我如领圣旨般地送到了名片社。两天之后拿出成品，交了钱，开了发票。回来还是恭恭敬敬地交给了头。

头看了看，眉头紧锁，说："做的不对，我给你的样片上没有这个破折号。"我拿出了样片给他看，上面确实有啊。头恼羞成怒："难道你自己没有觉得不妥吗？你是怎么做事的？长不长脑子的？"

我委屈地说："我真的不知道不要这个破折号，这么重要的东西，我不敢随便改动啊？"头更加生气了："你不知道？不知道是理由吗？拿回去重做！"我畏畏缩缩地说："这不是名片社的责任，人家可能还要钱。"头一脸冷峻地说："我不会给你钱的，你自己想办法。"我实在没有办法，只好自己付了钱。还没过试用期，我想这份工作是得不到了，每天谨慎地做事情，更不敢说话了。可是我还是过了试用期，并且签订了合同。过了几天头就把我单独叫到会议室，对我说："根据近一段时间的考察，发现你这位同志太不活泼，不太适合我们这儿的工作。你今天上午交接一下工作就可以走了。"

就这样，我得到这份工作的试用合格证了，几乎同时又失去了这份工作。合同在这种时候只能拿来到厕所做手纸了，因为没人在乎你是否签了合同，只在乎聘用你的单位是不是很牛。

# 13. 出院证明

人就怕自己生病，病来如山倒，尊严全没了。可是我打小就爱生病，打小就经常疼得鬼哭狼嚎，一点尊严都没有。经常去医院，经常看见大夫，所以也就对医院充满了亲切感。本来可以有机会做一个大夫的，最后还是选择了别的职业。

我一直很开朗活泼，因为知道自己很多地方不够出色，所以一个劲儿地向别人学习。看到比我强的，我就观察他（她）为何比我强，然后细细地琢磨自己为何比较差。找出症结后，不断地努力争取超过他（她）。可是大家觉得我很不正常，因为他们不能忍受别人比自己出色。他们自己要是差了，就希望别人比自己还差。看到别人取得了成功，就说对方侥幸、投机，恨不得一个响雷立马劈了人家。我也感觉得到自己和别人的不合拍，可是固执的我一直没有听老同事们的劝告。

终于，我的不正常被大家公认了，他们不由分说就把我送进了精神病院。在医院里我遇到了一个医生，他一个劲儿地给我治疗，希望我能够正常起来。

我和同屋的病人一起写文章做墙报。我的文章没入选，同屋的人却上了两篇，我正为他高兴。医生来了，他骂我没有进取心，骂我怎么能受得了身边有个比我强的人。他让我在背后说这个病友的坏话，让大家对他的文章嗤之以鼻。可是我真的做不到，我很坚决地回绝了。医生就说我已经病入膏肓了，永远不能出院。我对这家医院没有一丝留恋，可是对外面的世界更是失望。我知道就算是我从这里出去了，一时之间身边的人也不能接受我。我不可能改变自己的性格去迎合他们，就算是做戏我也觉得累。

想来想去，真想留在精神病院里。虽然这里的人被常人所不理解，但是他们也有自己的精神世界。只是可惜，这里不能给我发工资，没有收入我不能做很多事情。再说，留在这家医院肯定要被那些医生们整天烦来烦去的。怎么办呢？

好在我还有点暴力倾向，有一天我叫来了我的主治医生。就我们俩在屋子里，我掐着他的脖子让他给我开个出院证明。开完了证明，医生说："其实你掐了我的脖子，我一定会开证明给你的。因为你确实在这里受到了有效的治疗，学会了威胁别人和说假话。这是你的进步啊！"面对这么正常的人，我忍无可忍，在他头上拍了一板砖。他流着血的脸异常地兴奋："我成功了！我又治好了一个病人！"

# 14. 房产证

在北京，没有房子，只有工作。心里最想的就是买到一栋好房子，不管在外面有多辛苦，回到家里都可以尽情地舒展、休息。可是我拿着微薄的薪水，看着广告板上高额数字只有吞口水的份。要是有别人不要的房子让我捡着了该有多好啊！

那天是周末，我一个人无聊得发慌。躺在租来的小板床上，左思右想，最后决定去街上走走。大街上到处都是人，到处都是充满了购买欲望的女人，到处都是为了房子车子奔波的男人。当然也有已经温玉软香满怀、美酒金钱四溢的有钱人。

我想有房子，哪怕是一间。走着走着就发现前面有一处很奇怪的房子，奇怪的原因是它的围墙上写着——转让。我一看特别高兴："转让哎，就是不要钱的房子！"我兴奋得几乎忘记了自己是谁，赶紧跑到房子门口。那里已经聚集了一大群人，大家眼睛瞪得大大的，仿佛摆在面前的不是一栋房子而是一块香喷喷的烤肉。我的眼睛瞪得更大，因为我眼睛本来就大。房主站在那里，嘴里在说着什么。可是因为下面人的声音更大，我听不见房主的声音。后来不知道为什么大家就拿起砖头、棍棒互相打了起来。

我一看可高兴坏了，因为用砖头拍人可是我最大的本领啊。于是我就拿了随身带的砖头看到谁就拍谁，一边拍还一边说："你好，认识你很高兴。"听到这句话的人在我面前倒了下去，满头的血。

最后就剩下我一个人站在房主的面前。满脸幸福的我看着房主，房主满脸惊恐地看着我。我听到这辈子不愿听到的一句话："其实我刚才是说，这房子原价转让，有没有人要买？可是没人听我的，大家就打起来了。"我晕倒了，不是因为用了很大的力气拍伤了那么多的人，而是因为失望。失望自己没有捡到便宜；失望天上掉下个东西正好砸到我，可是是一块硬硬的石头；失望自己只能继续做一个一年搬好几次

家的老鼠一样的人。可是我只能失望，晕着的时候脑袋是一整块的，就像一张 100 元的人民币，不能分开、撕开、揉皱，整整的、麻木的、无知觉的。

房主看我实在可怜，就对我说："我有三处房子，看你这么需要房子，我把房子卖给你。但是需要你分期付我的钱，我把房产证转让给你吧。"我用一块板砖、一场晕眩和一辈子的辛苦换来了一栋房子。可是我很高兴，就算把灵魂出卖给了魔鬼，换回了一个房子也是值得的。房主也很高兴，得到了他想得到的，也意外地收获了我的感激。

做聪明人就是要这样的，得到自己想要的，同时满足别人的需要。我很佩服他。

（在这个城市，我们这些年轻人被大家贴切地称之为"北飘一族"。没有户口、没有房子、甚至是没有爱人的照顾。有的是跳来跳去的岗位、几个人合租的拥挤的房间、父母的牵挂担心。不踏实，其实是这个"北飘一族"名词背后的隐含意。有房的同事把腿跷得比天还要高："你们怎么还没买房子？打算什么时候买呀？没有房子怎么住、怎么活啊？"言语之间几乎忘记了自己年轻的时候也是飘来飘去，为了贷款买房、分期付款过着紧巴巴的日子了。

我们这群人中经常有人说："我们这么帅，又这么努力，总有一天会出人头地的。"我也这么想。可是房子确实是我们最重的负担，有的人就是这样：没有房子的时候，不找朋友，觉得要买到房子自己才有身价和资本，才能给对方幸福；有了房子之后谈恋爱时，又觉得人是因为他有房子才嫁给他的，左右都是很担心。）

# 15. 信用卡

这年头讲信用。不知道是不是被某些国家的信用危机影响，中国的银行也开始要求用户讲信用。据说办不同的信用卡就要有不同的资格要求，颇有些验明正身的味道。

VIP卡、金卡我都分不清。金卡是真金的吗？那银行得多大的成本哪？就冲着这个金卡，我也要去办一张。虽然我很笨，可我也知道纸币就是纸币，可不能真正的保值哪。似乎在高中的政治中学过一般等价物，所以就固执地认为只有金银才最保险。就冲着那张金子做的卡，我也要去办一张。没有ATM机的时候，这张卡本身也是钱哪。可能有人不认识秘鲁币，可是有谁不认识黄金呢？

跑到银行实现我的梦想。一进门，就觉得银行真好，处处豪华，不愧是放钱的地方，也舍得花钱。走到询问处询问办理业务的步骤，被通知要领取号码纸等待服务。我小心翼翼地领取了号码纸，老老实实地坐在椅子上，就像等待被提审的囚犯。好不容易等到了我的号，我急急忙忙地往窗口跑。可是因为太紧张，一不小心我摔倒了。大家掩着口哄哄地笑了。我爬了起来，讪讪地说："同志，你们的地板擦得太干净了，嘿嘿。"就这一会儿工夫，我的号就错过了，转眼之间就是下面一个号的人在接受服务。无奈何，我又回到门口重新取号码纸。这下子又等了半个多小时，好不容易要等到我的号码了。一个老大爷颤颤巍巍地拉着我说："姑娘，我看不清卡上的字，你能不能帮我填张单子？"没辙，谁让我尊老爱幼呢？帮老大爷填完了单子，刚要去接受服务，发现自己的号又错过了。

我能说什么呢？又跑到门口取了一张号码纸。除了等待

我只有等待。这一次好不容易等到了我的号，我急急忙忙地对银行职员说："我想办一张金卡。"对方看一看我，毫无表情地说："请出示你的身份证和资产证明。"于是我拿出了我的身份证和我的收入证明。对方看了看我的证件，摇摇头，对我说："对不起，您没有资格申请办理金卡。"

于是我就灰溜溜地从柜台上下来了，就像拿着自己的心爱之物去典当行遭受拒绝一样。只是这次我想典当自己的信用罢了。可是我真的很想有一张金卡呀，难道只有被拒绝？我的透支梦啊、我的提前消费梦啊、我的刷卡欲望症啊让我不能就此罢休！

我没有领取号码纸，直接走到柜台旁，对那个职员说："那天晚上我在酒吧看见你和一位男士……"我的话没说完，那个职员就说："小姐，您请等一等，我没看清你刚才的证件，请您再出示一遍。"我连忙把证件给了她，她看了看就给我办了一张金卡，还约我晚上一起吃饭。我受宠若惊，赶紧答应。吃饭的时候，我对她说："那天晚上我在酒吧看见你和一位男士擦肩而过，他不小心洒了你一身的酒，他是我的朋友……"

职员气急败坏地走了，可是我看到她偷偷地轻舒一口气。

# 16. 写手终生证

我知道自己这辈子没什么大出息了，上学没上到哈佛，上了个三流学校；做人没做到圣人，善恶两边都沾到；工作没爬到领导，奔来跑去小赤佬。惟一值得自己庆幸的是自己还认识字，还知道要把心事写下来。当然硬件还有一块长年累月跟随自己的板砖。

想来想去就做个写手吧，要做那种写笑话的写手，悦己娱人。写就写了，写作真不是一件容易的事情，通常写一些杂碎的小品文真的是兴之所至。可是把写作当做自己的职业时，更多的时候就变成了一种挤轧。扎着马尾、穿着一身白衣裳、敲着键盘，开始了自己的写手生涯。之所以叫做写手，是因为自己没有资格称为作家。没有底蕴、没有丰富的生活来源，只能叫做写手。

见过天上掉馅儿饼吗？我就见过，而且馅饼就正巧砸到了我。我不知道被什么机构评上了"写手终生证"，而且还在各种媒体上大肆地宣传报道。我无意中说的一句话——想得我胃痛——也被当成了名人名言。顿时，大街小巷的广告牌上都是这句话的影子了：

——某作家的广告词："这本书叫什么名字呢？想得我胃痛，谁给我起个牛哄哄的书名？"

某房地产商楼盘的广告语："要住什么样的房子呢？什么样的广告语欺诈的成分少些呢？想得我胃痛，不如就住这里，典藏经典、复式错位、近水环山，邻居都是哈佛耶鲁大学博士的高层。"

——某学习软件的广告语："怎么能让您乖乖地掏出口袋里的钱的同时，顺便让您的孩子学习得更好呢？想得我胃痛。"

——某运动品牌的广告语："超越时间和空间，让您的运动名牌化、奢侈化，这是我们的初级目标；高级目标是实现我们利益的最大化；终极目标是你花钱我来拿，这一点如何做得更好，想得我胃痛。"

……

这种广告铺天盖地了，每一天广播、电视、网络出现次数最多的就是这句话。这是什么？这就是跟风和炒作。一时之

间，人人想得胃痛，处处想得胃痛。更有甚者，某国情报机构发动了200号人不停地研究我这句话的深层情报价值，他们想到了911和本·拉登，认为这句话与这些事情有千丝万缕的联系；某国还成立了专门的专家机构研究这句话对当年的国民生产总值的宏观影响；这句话被印在了教科书上，每天有上亿的学生诵读；被挂在了医院的墙上供病者诵读治病；被刻在了石碑上供游人欣赏揣摩；被学会拿来当做三餐前的祷告词；被某文学团体拿来讨论这句话的历史背景和现实意义……

就这样我被自己说的话淹没了。直到我死了，人们还把这句话刻在了墓碑上。每天有很多人来给我扫墓，还不忘说这句话表示对我的怀念。我躺在坟墓里，一遍又一遍地听着，听得我耳朵里磨出了厚厚的茧。

终于有一天我忍受不住了，爬出来对大家说："其实当时我说这句话时的情景是这样的，我中午不想吃饭没有食欲，可是又必须吃饭，想来想去不知道吃什么，就说了这么一句'想得我胃痛'。"

面对大家的尖叫，我想我终于可以耳根清静了。谁知第2天，来墓地的人更多了。很多个摄像机和记者盯着我，不停地播报：

"我是环球频道的记者缺心眼，现在向大家报道。根据数百人目击证实，写手先生昨日从坟墓里爬出，再次强调'想得我胃痛'这句话。看来这句话的真正意义和价值还远不止我们现在探讨的，进一步的探讨报道请看我们下一期的节目。"

"我是说鬼道魂频道的记者大嘴巴，现在向您播报。写手先生的魂魄昨日出现，向我们证实了一件事情，那就是死者不一定能上天堂或下地狱，也许他就在你我的身边。请注意你的身后，也许此刻就有一个和你一起看我的节目。吓死你不偿命，欢迎您的收看……"

我只好在坟墓里趴着，把头深深地埋在土里，希望可以得到片刻的安宁。深深地后悔自己拿到的那个写手终生证。

# 17. 最后一照

人一生下来就要填写出生卡，长大些就要有户口簿，再大些就要有学籍。接着就是学生证、各种奖励证书、毕业证、身份证、准考证、通知书、学位证、等级证、工作证、信用卡、驾照、营业执照、护照等等等等。这一辈子，就是这些证证卡卡的纪录。你的档案袋里有的也无非就是这些证证卡卡的原件、复印件。

人活一世近百年，能有迹可查的就是些张张厚度可量的卡照证书。人活一生就围着这些卡照证书奋斗。你长得再圆满，也不如一张卡照证书来得有用。和这些玩意儿相关的社会意义和责任又让人不得不去努力。时间就这样逝去了，我得到了活命的本领，还有这些卡、照、证、书。放在包里重重的，可是又非拿不可，到了哪个城市那都是你身份能力的见证。虽然你不承认那是惟一的见证，可是别人都是这样看。我穿着这些证件给我组成的美丽外衣，可是真正发挥作用的是我自己的脑子。

对了，人最后还有一照要拿，遗照。那是你在坟场的身份证明。

　　我的网名从我上网的那天起再也没有改过。

　　我是野百合。

　　所有的花中独爱百合，所有的性格中期望狂野。于是我就叫野百合，其实并没有见过真正的野百合，想像中应该是长在悬崖峭壁的百合花。没有任何人为的痕迹，干净、清爽、纯洁、淡雅、高贵。我希望自己是那个样子，可偏偏我是个俗人，沾染不了任何山谷的气息，每天仍然被凡事、俗事所扰。

　　不过在生命中，我会追求属于自己的美丽，我对自己说：野百合也会有春天！就让我在陡峭的静寂的山崖尽情地绽放，哪怕是一瞬间的辉煌！

# 野百合揭秘 ●●●

**lov 这个人实际上是个很霸道的人**

小的时候才两岁,就上了幼稚园。幼稚园小班的学生一般都是 4 岁的样子,男孩比 lov 高了一个头,女孩比 lov 漂亮很多。lov 惟一能让大家没法相比的就是她的霸道。

大家的玩具都是在一起的,老师把小朋友们放到大草坪上玩,找个孩子负责分配玩具。lov 不失时机地要到这个差事,不是因为 lov 想为大家服务,而是想乘机先留住自己喜欢的玩具,其他不喜欢的,还要看对方顺不顺眼才给他玩。

大家荡秋千都是轮流的,轮流地坐、轮流地摇秋千。lov 就摇了一次,不是因为大家爱护她,而是因为 lov 在惟一一次摇秋千的时候摇得太猛,吓哭了几位同学,从此以后大家宁愿摇 lov 也不愿被 lov 摇。

上音乐课时,老师弹钢琴,lov 喜欢把小脸贴在钢琴边上,不许其他的小朋友碰钢琴。其他的小朋友就偎着老师,其实大家都发现 lov 喜欢钢琴比喜欢老师多。

长大了,lov 的霸道一点没变。

看到朋友为了自己的男朋友死去活来时,就骂那个男孩子,好像是自己死去活来了一样。弄得自己的朋友还责怪 lov 对男孩子太凶,Lov 是一气之下不理朋友了。

看到男孩子欺负女孩子，lov 的气最大，会窜上去先封眼，后踢跨。

总体来看 lov 的这一特点，基本上属于很难找到另一半类型的，就是找到了，这个男孩以后的境遇也会很惨。

**Lov 这个人实际上是个不自信的人**

很少有人知道这一点，lov 在别人面前总是一副无所畏惧的样子，甚至有些张狂的开朗。见到朋友的男友和自己开玩笑："我长得那么帅，你不会爱上我吧?!" lov 的第一反应是："我×，你去死吧，我喜欢猪胜过你!"其实 lov 心里是羡慕朋友的，有人疼爱。可是 lov 又打死不愿意谈恋爱，害怕自己没有朋友幸运，害怕没人喜欢并不出色的自己。

lov 从来不敢主动喜欢一个男孩子，总觉得对方会笑话自己。碰到主动出击的男生，lov 也是百般逃避。lov 的内心是比很多人都渴望被爱和爱人的，可是 lov 碰到的男孩子总让 lov 没有安全感，所以 lov 不愿接受。

lov 是主动喜欢过一个男生的，可是那次暗恋好像从来没有开过花，被 lov 喜欢的人好像都不认识 lov。这是 lov 当初比较后悔的事情，没有勇气去表白呀！现在 lov 知道很多的表白言语，可是却从来没有机会说出来。

lov 的学习和生活却是和自信无关，每每遇到事情，lov 会选择自己的第一反应来处理。或许 lov 只是在感情中迷茫和不自信吧?

总结此点，lov 的张狂与表面的洒脱是一种假象，lov 对于真情的渴望远胜过言语的表白。

# 后序。

　　姚君打了 n 多个电话催我，打到后来大家都有一些不好意思了。其实每一天我都握着笔，只是写的东西不同罢了。看着文字在我的笔端跳来跳去的，我就想，我的大脑里的事情能用这短短的笔来描述吗？说不清楚。这种感觉很糟糕。写文章是我儿时的痛楚，每每写作都是被批评得一无是处。尤其是文笔极好的爸爸经常说我的文章缺少灵性，惟一可取的是文章中的直爽和朴实。感谢姚君一直以来的鼓励和鞭策，让我这个缺少沉静的人愿意坐在这儿边回忆、感觉，天马行空一番之后，多少有些收获。看着文静而绅士的姚君，我就在想："他能有那么大的耐性来督促我，我没有理由不好好对待呀！"

　　长长短短的几篇文章，写进了太多的生活往事，写出了太少的缱绻心情。很多的人在我的眼前晃来晃去，很多的故事在我的笔下发展继续。每一天下班回家，头脑中总是乱乱的，一天的工作总是让人厌倦，惟一能够让我放松的事情是坐在窗前发呆。这是小的时候就有的习惯，一直没有改变。不同的是：儿时的窗前是清风明月烛影虫鸣，现在的窗前是浊风昏月楼影车鸣。不一样的环境让我更加怀念儿时的那份清爽，北京的环境真是让我惆怅。惆怅的何止是这环境，还有耳中众多的嘈杂之事。

妈妈说长发就是三千烦恼丝，不要留长发。可我还是固执地留了及腰的长发，常常拉住头发一根一根地数，天真地想，要是我的一根头发就是一个动人的故事该有多好啊。从小我就在故事中长大，听故事、讲故事已经成了我的生活的重要组成部分。

其实一直没有勇气写出这些文章，非常感谢清华的很多兄弟姐妹给了我太多的鼓励。年轻的日子里难免彷徨，众多的朋友以各种各样的方式在给我加油。让我不失望，不迷失，不气馁，不放弃。在水木清华的日子让我的人生发生了很大的转折，我有了新的朋友，有了公布文章的勇气。在这个集子完成的日子里，好朋友面临着毕业、分离、找工作，但是他们还是不忘记在网上给我几句鼓励的话语。在这里我要感谢他们，也包括姚君。

姚君说要我写个后序之类的，我就想后序就是告诉大家我以后的想法吧。其实这个集子收录的是我的短篇，没有涉及太多的情感故事，主人公们的性格也大多是通过流水账般的叙事表现出来的，缺少立体感。我的下一个想法就是写完《水洗骄阳》，相信很快就能和大家见面了。在此感谢你能够读完这本书，希望你能多多给我意见。给我写信吧！

lov（野百合）
2005 年 1 月于水木清华

## [我的色同学]

　　[zkensen 于 2004 – 05 – 30 13：29：38 提到] 太感伤了！从 (水木清华) joke 版读到了大作，特意过来看，发现这个 blog 真不错，嗯，赞！

　　[Cynne 于 2004 – 05 – 30 13：46：50 提到] 好可爱啊，呵呵。

　　[ifiamcloud 于 2004 – 05 – 30 15：15：36 提到] 有时候很讨厌那种虚伪的人，可是渐渐发现自己就是这种虚伪的人。能像阿牛这样快乐地生活，真是人生一大快事。我看后觉得心里非常不痛快，大有落泪的感觉。本来是一直在笑的。希望你能坚强一些，好好生活，美好的回忆就留在心里的深处吧。在那里有一片不会被人打扰的花园，还有几棵阿牛种过的树。

　　[shali 于 2004 – 06 – 15 16：39：51 提到] 哈哈！笑死了。百合，你真是天才！

　　[shali 于 2004 – 06 – 15 16：42：56 提到] 中国现当代文学缺少阿牛这样的人物，百合，你的功劳大大地！这么富有童真之心，可爱，又自我的搞笑人物！而且非常真实！

　　[azalealove 于 2004 – 07 – 26 16：33：26 提到] 好久不见了，这么可爱的文章。

　　[aaaaazcy 于 2004 – 08 – 29 09：28：50 提到] 很喜欢你的文章，清新幽默，如果有可能的话，我打算印刷 3000 本你的文集赚大钱，可以签定授权协议么……

## [喜恨无常]

　　[hcm 于 2004 – 05 – 28 08：26：40 提到] 百合，你写的是谁的传记吗？如果是真的，那她爸也太可恶了，哪有那样打自己孩子的，还有，她好像也过于愚忠了吧？我觉得这样的经历，到现在她还能够以平常心对待，几乎快成神人了。我从小到大，挨过几次打，但绝对不是要往死里打那种，只是让皮肉痛痛，做个记性而已。我没有那种经历，很难理解你写的"父

母生了你，就有权要回去"这个说法，也绝对不认同。希望你不要介意我这么说。

〔zkensen 于 2004 – 05 – 30 13：37：30 提到〕嗯，现在我也有了申请水木 blog 的冲动了，hoho。

〔Cynne 于 2004 – 05 – 30 15：06：49 提到〕不快乐！sigh，只喜欢看高兴的东西。真希望只是小说，不是真的……如果别的是筛出生活中高兴的事情的话，这个是留下来的痛苦的部分么？

## [兔子和 gg]

〔chyg 于 2004 – 07 – 26 15：11：53 提到〕羡慕，俺咋就没个青梅竹马的 mm 涅？

〔dididar 于 2004 – 07 – 27 06：24：34 提到〕哇，mm 这是原创吗？如果是这样真太幸福了！我最大的遗憾就是没有一个青梅竹马的 gg。5555

〔sorrowrain 于 2004 – 08 – 13 17：41：48 提到〕你哥哥跟我很像，说话老随着思维跳跃。每次采访，对方都不知道我究竟要说什么，总是把下一个事情和这个事情一块说。

## [一块板砖走天涯]

〔azalealove 于 2004 – 08 – 27 15：33：20 提到〕这个系列很好玩啊。

〔maomy 于 2004 – 09 – 06 14：44：24 提到〕真黑色，你是怎么想出来的，难道真的每天都又郁闷又无聊么，呵呵。

〔dididar 于 2004 – 09 – 07 10：56：26 提到〕哈哈，mm 写的真好，有意思！

〔roseven 于 2004 – 09 – 23 14：39：23 提到〕mm 又走意识流。

〔yuningzhang 于 2004 – 09 – 23 14：39：23 提到〕有点周星星的味道，还有卓别林的风格。